ダークな
乙女ゲーム
世界で命を
狙われてます
夢月なぞる
Nazoru Mutsuki
3

登場人物紹介
Main Characters
多岐《たき》 環《たまき》
平凡で地味な貧乏女子高生。
近いうちに死ぬ運命にあり、
それを回避すべく、奔走する。
２年生。
聖《ひじり》 利音《りおん》
乙女ゲームのヒロインで、
環のルームメイト。
攻略対象よりも環に懐い
ている。２年生。
真田《さなだ》希《のぞむ》
紅原の親衛隊。
２年生。
黄土《おうど》翔瑠《かける》
月下騎士会の庶務。
統瑠の兄。１年生。
桃李《とうり》火澄《ひすみ》
月下騎士会の顧問。
数学教師。

平《ひら》戸《ど》琢《たく》磨《ま》
環のクラスの委員長。2年生。
緑水《りょくすい》 絆《きずな》
月下騎士会の副会長。3年生。
蒼《あお》矢《や》 透《とおる》
月下騎士会の会長。3年生。
月下騎士会
学園の生徒会組織
紅《べに》原《はら》 円《まどか》
月下騎士会の会計。2年生。
黄《おう》土《ど》統瑠《みつる》
月下騎士会の書記。翔瑠の弟。1年生。

CONTENTS

ダークな乙女ゲーム世界で命を狙われてます3

イベント1　護身

早咲きの桜の花びらがハラハラと舞う、三月某日。本日はあたしが通う裏戸《うらど》学園の卒業式だ。

式後の正門前は卒業生との別れを惜しむ在校生で混み合っている。あたしはそれを感慨深く教室から見下ろしていた。本来、高校二年生のあたしは見送る立場なのだが、気持ちとしては卒業生に近い。

そう、あたしは今日を最後にゲーム期間という長い苦難から卒業するのだ。

思い起こせば四月。転校生である聖《ひじり》利《り》音《おん》を見た瞬間、この世界が彼女を主人公《ヒロイン》とする乙女ゲーム『吸血鬼《ヴァンパイア》†ホリック』の世界だと気が付いた。あたしの通う裏戸学園はそのゲームの舞台で、聖《ヒロイン》さんの攻略対象である生徒会『月下騎士会《ルーン・シュバリエ》』のメンバーは全員が吸血鬼。あたしこと多岐《たき》環《たまき》は主人公のルームメイトで、ゲームパッケージのあらすじによると死亡する予定のモブキャラクターだった。それらを思い出した時には、世界を呪いたくなったものだ。

あたしは、死亡フラグを回避しようと頑張った。

最初は、やたらと懐《なつ》いてくる聖さんに振り回され、望んでもいないのに月下騎士たちと知り合う羽目に……

一学期の途中、生徒会メンバーの黄土《おうど》翔瑠《かける》・統瑠《みつる》兄弟の誘拐事件に巻き込まれ、本気で死にかけたりもした。ちなみに誘拐犯の正体は吸血鬼ハンター。ハンターと対決した生徒会長・蒼矢《あおや》透《とおる》が力を暴走させ、本当に大変だった。その時、会長に思いっきり噛《か》み付かれて怖かったっけ。

よく生き残ったものだと、今になっても思う。

そういえば、その時にあたしを助けてくれた自称『神様』。

魔法みたいに怪我《けが》を治したり、一瞬で遠くの寮まで移動させてくれたり——

結局あの後一度も接触がなかったけど、あれは何者だったのだろう。

もしかして本当に神様だったのだろうか。吸血鬼がいるくらいだから、神様がいてもおかしくないのかもしれない。

ま、なんにしても、全ては過去のことだ。

誘拐事件を最後に大きなイベントは起きず、二学期になると聖さんはゲームのシナリオ通り、月下騎士の親衛隊《ブランセス》だけが住める天空寮《てんくうりょう》に転寮していった。

その途端、あたしはゲーム関係者と疎遠になり、ゲーム最終日の今日を無事に迎えることができたのである。

……って、こんな所でのんびりしている場合じゃなかった。

教室を出て、あたしは裏門に向かう。金持ち学校によくあるやたら豪勢なアーチ状の正門とは違い、辿《たど》り着いた裏門はシンプルな黒い格子戸だ。その門の左右には桜が植えられており、ちょうど綺麗《きれい》に咲いていた。

卒業生の見送りは正門で行われるので、裏門には人影もなくひっそりとしている。

なぜ、そんな場所に来たのかといえば、ここでゲーム最後にして最大のイベントが起こるからだ。

イベント名は『エンディング』。

『吸血鬼†ホリック』という乙女ゲームには、各攻略対象との恋愛エンディングが三種類用意されている。――攻略対象の心の闇を晴らし、その人物にまつわる謎を全て解明できれば、主人公が告白されて恋人同士になるベストエンド。謎は残ったままだが好感度が高ければ、主人公のほうから告白して恋人同士になるハッピーエンド。好感度が足りず、友達のままで終わるノーマルエンド。

ここまでくればもう誰も死ぬことはない。だから安心して見ていられる。

さて、聖さんは一体誰とのエンディングを迎えるのだろう。

実はあたし、聖さんが誰のルートに進んだのか知らないんだよね。

ルームメイトじゃなくなったら聖さんと会話する機会も減ってしまい、彼女の動向はほとんどつかめなくなってしまったのだ。誰それとデートをしたとかいう噂《うわさ》は聞いていたけど、どこまで本当だかわからない。

そんなことを考えていたら、鐘の音が聞こえた。

時計を確認すると、そろそろだ。あたしは見つからないよう、近くの建物の陰に隠れた。

うう、なんだか他人ごとながらドキドキしてくる。

裏門にばかり気を取られていたあたしは、背後から近づいてくる人物に気付かなかった。

そして――

「多岐さん」

突然肩を叩《たた》かれ、あたしは飛び上がった。

慌てて振り返ると、平戸《ひらど》琢磨《たくま》委員長がいる。

彼は主人公の攻略対象の中で唯一の人間。吸血鬼と対立する吸血鬼ハンターという設定の人物だ。

まさか彼が聖さんの相手だったのだろうか？

だが、どうも違和感を覚える……

三月なのに委員長はなぜか夏服だし、その奥に見える背景もいつの間にか教室に変わっていて、空気も蒸し暑い。

わけがわからなくなってうつむくと、机の上に広げられたスケジュール帳が見えた。

六月のカレンダーには、月の半ばまでバツ印が付けられている。すぎた日付に自分が印を付けていたことを思い出した瞬間、あたしは脱力してしまった。

「ゆ、夢？」

手帳が示す日付は、例の誘拐事件から二週間も経《た》っていない。ゲームの終了日ははるか先だ。

「あの、多岐さん。大丈夫？」

「……ええ、まあ」

全然大丈夫ではないが、委員長が悪いわけではない。

のろのろと頭を上げれば、傾きつつある太陽に照らされた教室が見えた。

先日から体調不良が続いていて、休むほどではなくなったとはいえ、まだ身体がだるい。

今日もホームルームの後、しんどくなったあたしは少し休んでから帰ることにしたのだが――いつの間にか眠ってしまっていたらしい。

周囲を見回すと、他に人はおらず、委員長とあたしだけだった。

「あの、何か御用ですか？」

「用事はないんだけど、机に突っ伏してるから具合でも悪いのかと思って」

心配そうにこちらを覗《のぞ》きこんでくる委員長を、意外に思う。

ハンターである委員長が裏戸学園に入学したのは、学園内に吸血鬼がいるという情報を掴《つか》んだからだ。彼がクラス委員をやっている目的は、委員会や教師などと繋がりをつくり、吸血鬼に関する情報を集めやすくするためだったはず。もともとリーダー気質なので責任感は強いけど、性格はおおらかというか大雑把《おおざっぱ》。

ゲームでは、聖さんの体調不良に彼女が倒れるまで気付かないなんてエピソードもあるくらいなのに、ただのクラスメイトでしかないあたしを心配するのはなぜだろう……

……あ。

「どうしたの？　なんか顔色がさらに悪く……」

委員長は気遣わしげな顔をするが、あたしはそれどころではない。

委員長の顔を見ていたら、重大なことを思い出したのだ。

あたしは慌ててスケジュール帳をしまい、鞄《かばん》を持ち上げる。

「本当に大丈夫です。あたし、ちょっと用事を思い出したんで、帰りますね」

委員長から逃げるように教室を出ようとした瞬間、腕を掴《つか》まれた。

「ちょっと待って。僕も帰るから一緒に帰ろう」

え、なんで？　意味がわからず眉をひそめると、委員長が言い訳するように言った。

「棚橋《たなはし》先生に頼まれたんだよ。多岐さん、病み上がりだから気をつけてやってくれって」

なるほど。ちなみに棚橋先生というのはうちのクラスの担任だ。何かとあたしを気遣ってくれる先生らしい優しさではあるが、今は非常に迷惑である。

「え、っと。すみません。気持ちは嬉しいんですけど、そこまでしていただく必要は……」

「だから、ついでだよ。どうせ、同じ場所に帰るんだ」

「でも、あたし、少し寄るところがありまして……」

「今から？　明日にしなよ。あんまり顔色良くないし、途中で倒れたら大変だろ」

「体調は大丈夫です。多少だるいだけで、動けないわけじゃないですし……」

「動けなくなってからじゃ遅いよ。寮にも聖さんがいないんだから、無茶しないほうがいい」

誘拐事件後、一度寮に帰ってきた聖さんだったが、吸血鬼と関わったことで体調に変化がないか再検査すべく入院させられており、まだ寮にも学校にも戻ってきていない。体調はいいらしいので、近いうちに帰ってくるとは思う。だが、彼女が帰ってきてからでは遅いのだ。

「本当に大丈夫ですって！　委員長に迷惑をかけるのも申し訳ないですし……」

「僕は別に迷惑だと思ってないし、大丈夫だよ。それとも送られたら困るような、やましいことでもあるわけ？」

鋭い視線を向けられ、唾《つば》を呑み込む。

あれ、なんだろう。なんか委員長の様子がおかしい？

真面目で優しい雰囲気がなくなり、纏《まと》う空気に不穏《ふおん》なものを感じる。

あたしを見下ろす瞳は冷たく、監視者のように鋭い。

突然ハンターモードになった委員長に、ここ最近の彼との接触を思い返すが、疑われそうなことをした覚えはない。

委員長の豹変《ひょうへん》に戸惑《とまど》っていたその時——

「うわあああん！　平戸、助けて〜〜〜」

突然パーンと音がして、教室の扉が開く。

驚いて振り向くと、そこにはクラスメイトの波留間《はるま》が立っていた。

何かと面倒事を連れてくる人物の登場に思わず身構えるが、彼はあたしを無視して委員長に駆《か》け寄り、問答無用でその腕を掴《つか》んだ。

「俺たちには平戸の力が必要なんだ。だから来て！」

「なんだよ、波留間、こんな時間にいきなり。今忙しいんだよ。明日にしろ」

「そんなこと言わずにさ。お願いだよ」

波留間は委員長の腕をグイグイ引っ張って、連れていこうとする。

しかし、吸血鬼ハンターなんて力勝負な職業に就《つ》いているせいか、委員長はびくともしない。

「いいから、来てよ。冷静な第三者の意見が必要なんだ」

「それなら、僕じゃなくていいだろう。僕は多岐さんと……」

そこでようやくあたしの存在に気付いたのか、波留間はこっちを向いた。

「多岐さん、平戸になんか用事があるの？」

「え？　いえ、別に」

「じゃ、問題ないね！」

「待て！　問題ありまくりだ！」

委員長は波留間の手を振り払う。

「僕はこれから、多岐さんを送って帰るんだ。お前に付き合っている暇はない」

「ええ？　多岐さん、そうなの？」

「え？　いいえ、別に」

「じゃ、問題ないね！」

「いや、だから！」

堂々巡《めぐ》りになりそうな展開に、あたしは溜息《ためいき》を吐《つ》いた。

「委員長、ダメですよ。ちゃんと、話くらい聞いてあげないと」

「その間に一人で帰る気だろう」

委員長は責めるような目であたしを見てくるが、当然そのつもりだ。

「クラスメイトの悩みを聞いてあげるのも委員長の仕事ですよ」

「でも、……こんなの、絶対に僕じゃなくても」

「別にあたしは一人でも大丈夫ですし。どう見ても困っているのは波留間君でしょ？」

「そうそう」と首を縦に振っている波留間を委員長が睨《にら》む。

不服そうにしながらも委員長が逃げようとしないのは、自分が必要とされていることがわかっているからだろう。

それでも決心がつかない様子の委員長に、あたしは止《とど》めを差すことにした。

「あたしのことはお気になさらず。それより、何に対しても『誰がやっても同じ仕事だからと放り出してはダメ』ですよ」

あたしの言葉に、委員長が目を見開く。

その表情にあたしは満足した。実はこれ、委員長がゲーム中でよく使っていた言葉なんだよね。

自分が使っている言葉を他人に使われたら、人間、反論できないものだ。

思惑通り、苦い顔になった委員長は息を吐いた。

「……五分で戻る。だから、待っててよ」

「……五分なら。でも、早く終わらせたいからって、いい加減な判断しちゃだめですよ」

委員長が眉間のシワを深くしたが、あたしは素知らぬ顔をした。

委員長の性格上、ここまで言えば、どんなバカバカしい案件でも真剣に取り組むだろう。人一倍、責任感のある人だから、五分で話を終わらせられるわけがない。

「『ベストを尽くせずともベターを目指して』じっくりどうぞ」

追い討ちに彼の常套句《じょうとうく》を使うと、委員長は何か言いたげな顔をした。

その顔がなんとなく切なそうに見えて、一瞬「おや？」と思ったが、委員長とはあまり関わりたくなかったのであえて聞かなかった。

委員長と波留間が教室を出て五分後。予想通り終わらなかった話し合いに感謝しつつ、あたしは挨拶《あいさつ》代わりのメモを委員長の机の上に置いて教室を出たのだった。

◇

◆

◇

環と別れた琢磨が波留間に連れて行かれた先では、数名のクラスメイトが揉《も》めていた。

揉め事の原因は、来月開かれる球技大会の不参加枠を誰が取るかというもの。

くだらないが、それぞれの言い分を公平に聞くには、それなりに時間がかかる。結局、話し合いが解決するころには、空が藍《あい》色に染まろうという時間になっていた。

その後、教室に戻ったものの環の姿はなく——疲れて寮の自室に帰ると、部屋の中はしんと静まり返っていた。やや引きこもり気味のルームメイトがいないのは珍しいが、一人でいたい気分なのでありがたい。

琢磨は鞄《かばん》を椅子《いす》に引っかけ、メガネを外《はず》してベッドに倒れ込んだ。

寝転んだまま、そっとポケットから一枚のメモを取り出す。

そこには『帰ります。心配してくれてありがとう』と書かれている。それは環が琢磨の机に残していったメモだ。簡潔で律儀《りちぎ》な内容から彼女らしさを感じる。

溜息《ためいき》を吐《つ》いて目を閉じると、数日前、とある廃屋で出会った女の姿が蘇《よみがえ》る。

ギルドの調査依頼で訪れた山奥の廃屋で、思いがけず父の友人だった男に再会した。その男に相棒だと紹介された女だ。

女はブルーローズと名乗った。

かつて琢磨の父に命を救われたと語る女は、その礼にと、とんでもない情報を琢磨にもたらした。

女曰《いわ》く、ハンターギルドを運営するのは吸血鬼だという。それが本当ならば、琢磨は組織にずっと騙《だま》されていたことになる。

ばかばかしすぎてとりあう気にもなれなかったが、女は信じられないなら、いくらでも調べてみればいいとまで言った。自信ありげなその態度に、一瞬ギルドを信じる気持ちが揺れ動いたのは事実だ。

だが、それでも琢磨は調査しようとは思わなかった。

父が死んだ時、その死を共に悼《いた》み、肉親をなくした琢磨に優しくしてくれたギルドの職員。彼らが自分を騙しているなどと、信じたくなかったのかもしれない。

あるいは、彼女のくれたもう一つの情報を信じたくなかったからか――

琢磨はベッドから起き上がると、部屋に備《そな》え付けられた机の引き出しを開けた。

あまり整理の得意でない琢磨の引き出しには、様々なものが雑然と詰め込まれている。その一番上に、琢磨に似合わないものがしまわれていた。

それは赤いリボンだ。以前、環が作ったカップケーキの入った袋についていたもので、なんとなく捨てられなくて取っておいたのだ。

琢磨は取り出したリボンをメモと重ね合わせながら、ブルーローズの言葉を思い出す。

『あなたのクラスにいる多岐環。あの女には気をつけて。あの女は吸血鬼側の人間』

環が吸血鬼の関係者だという疑いは前からあり、琢磨はここ二ケ月、彼女の様子をずっと観察してきた。

思い出すのは、食堂の窓から見た料理中の姿。本人は気付いていないと思うが、何度も見ていたのだ。

慣れた手つきで楽しそうに料理を作る様子は、微笑ましい。

何に対しても一所懸命《いっしょけんめい》な環は、教室でも何かと目立つ転校生の聖に対して優しく接している。

以前、ルームメイトが環のことを「悪いことをする人間には思えない」と言った気持ちが今ならわかる。

環に対する疑いがやっと晴れてきたところだったのに。なぜ、ブルーローズから環の名を耳にすることになるのか。

環を信じたい気持ちと疑惑の間で揺れていた琢磨は、先ほど、教室でうたた寝をする彼女を見つけた。

実は、見つけた後しばらくの間は彼女を起こせずにいた。

眠る環は本当にあどけなく、やはり彼女が吸血鬼に関わっているなんて信じられないと思ったのだ。

だから、環の口から吸血鬼との関わりを否定してほしくて、思い切って彼女を起こすことにした。

一緒に帰る道すがら確認してみようという計画は、環の拒絶で実現しなかったが……

だが、環に確かめなくてよかった、と思う。

冷静に考えれば、本人の言葉は否定の材料にはならない。

環のことを考えると、自然にあの日のカップケーキのことを思い出す。

それは、かつて琢磨の父親が作ってくれたものと同じ味がした。

環と父が知り合いだったとは思えないのに、彼女の言動はなぜか死んだ父親を思い出させる。

放課後の環の言葉もそうだ。

『誰がやっても同じ仕事だからと放り出してはダメ』

『ベストを尽くせずともベターを目指して』

――それは琢磨が父親によく言われた言葉だった。

琢磨は委員長などという役に就《つ》いているが、本質的には真面目でも勤勉でもない。すぐに楽をしたがるし、努力も嫌いだ。

あの言葉は父親がそんな彼の本質を叱責《しっせき》する時の決まり文句だったのだ。

あまりに何度も言われたので、自らの口癖にもなってしまった。

どんな危機的な状況でも、あの言葉を呟《つぶや》けば、反射的に身が引き締まり冷静さが戻ってくる。

大きな怪我《けが》もなく、吸血鬼ハンターを続けていられるのはそのお陰だ。

父が死んで以来、もう二度と他者の口から聞くことはないと思っていたのに。

——と、その時。琢磨の耳に、ちりり、と鈴が鳴るような小さな音が聞こえた。

ちりり。ちりりり。

再び聞こえた音の源を辿《たど》ると、ベッドの下からのようだ。

琢磨はまさか、と思いつつそこに手を入れ、布に包まれた細長いものを取り出す。

それは、一振りの鞘《さや》だ。父の愛刀『鬼斬丸《おにきりまる》』と共にあったもの。

父の死後、刀と一緒に長い間行方不明になっていたのだが、ブルーローズが琢磨の父に命を救われた証拠だと言って鞘だけよこしてきたのだ。

持ち上げると、微《かす》かに震えているのがわかる。

琢磨にはそれがまるで、鞘の武者震《むしゃぶる》いのように感じられ、ゾクリとした。

この鞘に収まっていた鬼斬丸は特殊な刀で、鬼などといった異質な存在に対しては凶悪なまでの切れ味を発揮する一方、人間を切ることはできない。切りつけたとしても、刀が身体をすり抜けてしまうのである。

さらに不思議なことに刀自身が意思を持っており、自ら使い手を選ぶと言われていた。

この鞘も、長い間鬼斬丸と共にあったためか、刀と呼び合い、影響しあうという性質を帯《お》びている。

鞘が鳴ったということは、本体の鬼斬丸に何かあったということだろう。

「……お前の男は主《あるじ》を選んだのか？」

古《いにしえ》より刀と鞘は男と女に喩《たと》えられる。女側の鞘に語りかけるが、当然ながら鞘は鳴き続けるのみ。

かつて琢磨は、父から鬼斬丸を受け継ぐのは自分であると信じて疑わなかった。

それなのに、新たな主の出現を真っ先に知ることになるとは……

悔しさはあるが、それ以上に不安になった。

父が死んですでに三年。その間、ハンターギルドに捜索を依頼し、自分でも探し続けたにもかかわらず、鬼斬丸の行方はわからなかった。

それが今になって鞘だけが手元に戻り、主の出現を知らせている。

琢磨は己の周囲で、何が起こっているかわからない焦燥《しょうそう》感に駆《か》られた。

調べなければ。

気付いた時には遅かった、などということにならぬよう――

琢磨は父の死んだ日を思い出す。その朝は、妙な胸騒ぎを覚えたのに、誰にも知らせなかったのだ。結果、父は帰らぬ人となった。

もし父に知らせていれば、何かが変わったのではないか。今でもそう思わずにはいられない。

今回も何もせずに目を背《そむ》けた場合、同じことの繰り返しになるかもしれない。

だが、いつもなら情報収集を頼んでいる従弟《いとこ》の大翔《ひろと》にだけは頼れないと思った。

危険だということもあるが、彼は環に好意を抱いている。もし彼女が本当に吸血鬼側の人間であったら優しい従弟が堪《た》えられるとは思えない。

これは琢磨だけで処理するしかないのだ。まだ、環に好意を抱いていない自分が――

思わず握りしめた拳《こぶし》から、クシャリと音がした。

握ったままだったメモを、リボンごとうっかり握りつぶしてしまったらしい。

琢磨は、一度鞘《さや》を置いて、メモを広げた。

書かれている文字は、綺麗《きれい》とは言いがたいものの、読みやすくて書いた人物の人柄を思わせる。

琢磨は机の引き出しにそれらを入れ、代わりに名刺大の紙を取り出す。

そこには十一桁の番号が書かれていた。

ブルーローズが話の続きを聞きたければ連絡しろ、と押し付けていったものだ。

もちろん、ブルーローズを全面的に信じたわけではない。

出会いからして怪しい女だ。唯一信用してもいいと思えるのは、琢磨の父に命を救われたという部分だけか。

亡くなった琢磨の父は伝説級といわれる吸血鬼ハンターであり、多くの吸血鬼を屠《ほふ》り、また吸血鬼に襲われた人間を救っている。

父の死因は、仕事中、吸血鬼に襲われていた少女を庇《かば》った時に負った怪我《けが》だと聞いた。

父が助けた少女はいつの間にか消えており、今までどこの誰ともわからなかったが、おそらくブルーローズこそ父が命と引き換えに救った少女だ。

事件後、行方不明になっていた鬼斬丸の鞘を持っていたのだから、間違いないだろう。

だが、どうして三年も経《た》った今、自分に接触してきたのかがわからない。

わからないことだらけだった。自分一人で真実に辿《たど》り着けるだろうかと不安が募《つの》る。

しかし、歩み出すことを決めた琢磨は、そっと携帯電話の通話ボタンを押した。

◇ ◆ ◇

穴があったら入りたい。

夕闇の迫る林の中、あたしは一本の木の根元で頭を抱《かか》えうずくまっていた。

なぜ、そんな場所にいるかといえば……

――多岐環は呪われたようだ。

ゲームのステータス異常みたいに言っても、現実は変わらない。

委員長を待たずに教室を出たあたしだったが、寮には向かわなかった。

実は委員長の顔を見ていて、思い出したことがあったのだ。

彼は表向き、品行方正な優等生を演じているが、裏では吸血鬼ハンターという中二病丸出しの仕事に就《つ》いている。

ゲームシナリオでは、日常生活や教室で何かと気を使ってくれる委員長に聖さんが惹《ひ》かれていき、明るく前向きな彼女を彼も愛するようになる。ところが二人は、互いが吸血鬼ハンターと吸血鬼の花嫁という対立する立場の人間だと知り、苦悩する――

よくあるロミジュリ展開なわけだ。

そのルートの中で委員長は、とあるアイテムを聖さんから渡される。

通常、アイテムは主人公や仲間のキャラクターの助けとなる道具であることが多い。しかし、時には手にすることで不幸になるアイテムも存在する。

委員長が聖さんより渡されるアイテムは、後者だった。

設定資料集に書かれていた、そのアイテムについての項目を思い出す。


鬼斬丸。

攻略対象平戸琢磨の父親（伝説級の吸血鬼ハンター）の形見。日本刀の形をした、最強の対吸血鬼武器。

人間に対して効力はないが、対吸血鬼であれば無類の強さを誇る。

しかし、精神的に未熟であったり、適性のない者が使用すると、刀の力に呑まれて使用者が暴走することになる。


この説明から、おおよその見当はつくと思うが、委員長は適性はあるものの、精神的に未熟な部分があるので鬼斬丸を使うと力に呑まれてしまう。

彼がこの刀を正しく使えるのはルートの終盤でのみ。聖さんを守りたいという強い思いで制御できるようになるという、ありがちな展開だ。

初期段階で委員長が鬼斬丸を抜いてしまうと、即バッドエンド。また他の攻略対象のルートでも、このアイテムが委員長の手に渡ることがある。その場合、刀を手にした委員長が現れて攻略対象と死闘を繰り広げるのだ。一体どこの戦闘系ゲームだと突っ込みたい。

そんな危険な代物《しろもの》をどうして今まで放置していたのかといえば、四月以降あたしには聖さんがべったり張り付いていて、どうにかする暇がなかったからだ。

……忘れていたという理由のほうが大きいんだけど。

今なら聖さんが学校にいない。鬼斬丸対策をするには絶好の機会だ。

あたしはゲーム知識を総動員して、鬼斬丸の場所を特定した。

それは、学園を囲む林の中。

落ち葉に埋もれ水に濡れた形跡があるのに、錆《さ》びた様子がない鬼斬丸。さすが伝説級の武器といったところか。

しかし、刀を別の場所に運ぶ際、あたしは一つのミスを犯した。

鬼斬丸は使い手を一人に限定する特性がある。使い手の代替わりは行われるが、同時期に使用できるのは一人だけ。

使用者は血判契約《けっぱんけいやく》と呼ばれるモノで決まり、主《あるじ》のいない鬼斬丸の刀身に血を吸わせることで使い手の登録が行われる。

なのに、あたしはうっかり刀身に血を落としてしまった。

……一応、言い訳はしておく。ちゃんと扱いには注意したんだよ。

抜き身の刃に直《じか》に触らないよう、持つ時は鬼斬丸に巻き付いていた布越しに扱ったりしてさ。

そしてあたしは、林の岩場に見つけた小さな横穴にそれを隠そうとした。誰かに見つかったら困るしね。だけどその時、あたしは穴の中のとがった石に手を引っかけてしまったのだ。

ほんの少しの切り傷。そこから血が垂れて、よりにもよって鬼斬丸の上に落ちた。

途端に淡い燐光《りんこう》を発する鬼斬丸――思わずあたしはそれを放り出し、逃げだしてしまった。

そして現在、自分のしでかしたことが怖くなって、林で震えているのである。

あの後、鬼斬丸はどうなったんだろう。怖くて、確認しに行けない。

いやいや、あんな伝説級の武器がモブを主《あるじ》に選ぶわけがないよね。

「刀どころか、カッターを持ってる時ですら震える人間にとり憑《つ》くとかありえない」

「何がありえないの？」

突然かけられた声に、ぎょっとして顔を上げると、いつの間にか人が立っていた。

「げ、統瑠様」

予想もしてなかった黄士弟との遭遇に、思わずそんな言葉を発すると、相手はぷうっと膨《ふく》れる。

「げって、失礼だなあ。こんな可愛い僕を捕まえて」

自分で可愛いとかいう男子ってどうなんだろう。そもそも捕まえてない。

文句は多々あるが、誰の目があるとも限らない学内で月下騎士に逆らうのは得策ではない。

あたしはゆっくりと立ち上がった。

「……すみません。いきなりだったもので」

「まあ、いいよ。海より大きな心で許してあげる」

上から目線の言い方にイラッとしたが、「ありがとうございます」と返しておく。

「で、環ちゃん。こんな時間に何をしているの？」

まさか、鬼斬丸のことを言うわけにもいかず、あたしは代わりに別の話をした。

「ええっと、ごめんなさい。こんな時間にって、今何時ですかね？」

「時計、持ってないの？」

「先日、壊してしまって」

実は、あたしの腕時計は、例の誘拐事件の時に昇天した。

自称神様に寮に戻された時、制服の汚れなどは事件前の状態に戻されていたが、時計は壊れたままだったのだ。

安物とはいえ、一緒に戻してくれたらよかったのに、というのは贅沢《ぜいたく》か。

「でも、時計持ってなくてもスマホで確認できるでしょう？」

「スマートホンも携帯電話も持ってませんので」

「は？　持ってないって、嘘でしょ？」

驚愕《きょうがく》する統瑠だが、嘘を吐《つ》いても意味はない。

「環ちゃんって、前から思ってたけど変な娘《こ》だよね。今どき、スマホどころか携帯持ってないとか」

「あの、それより時間は」

「もう六時半すぎてるよ。そろそろ寮に帰らないとまずくない？」

確かに。寮の門限は八時だが、夕食の時間を考えるとかなりまずい。

「あと、ここの林にはあんまり近づかないほうがいいよ」

「え、なぜ?」

「ここ月影寮《げつえいりょう》の近くなの」

これだけ言えばわかるだろう、といった態度の統瑠の言葉に、あたしは血の気が引いた。

月影寮は月下騎士の住む寮だ。一般生徒は、訪問はおろか、その周辺の林にさえ近づくことを禁止されている。その理由はもちろん、人気者の彼らをストーカーから守るためだ。

「ごめんなさい。いつの間にか迷い込んでたみたいで……。すぐに出ていきます」

ストーカーだと思われるのは勘弁、と立ち去ろうとしたあたしの背中に、統瑠の声がかかる。

「ちょっと待ってよ」

近づくなと言っておきながら、待てとはどういうことだ。

しかし、無視すると後が面倒なので振り返った。

「なんでしょう?」

「ちょっと環ちゃんに聞きたいことがあるんだ。……月はじめの連休のことは覚えてる?」

突然ふられた話に、ぎくりとする。

月はじめの連休といえば、まさに黄土兄弟誘拐事件のあった時期だ。

あの事件については今まで誰にも事情を聞かれなかったので、完全に無関係を装《よそお》えていると思っていた。

しかし、統瑠は巻き込んだ張本人。あの件にあたしが関わっていたことを知っている。

今さら、何を蒸し返そうとしているのだろう。ドキドキしながら次の言葉を待っていると、統瑠はニッコリと笑った。

「僕、あの日、翔瑠と利音ちゃんと三人で遊びに出かけたよね？」

統瑠の問いかけに、あたしは思わず首を傾《かし》げる。

「え？　三人って……。あの日はあたしも一緒に」

いましたよね、と口にする前に統瑠があたしの言葉を遮《さえぎ》った。

「環ちゃん、僕らは三人だけで遊びに行った。そうだよね？」

『三人だけ』を強調する統瑠の目的はわからないが、彼があの件にあたしが関わっていたことを公《おおやけ》にしたくないという意図だけは伝わってくる。

あたしにとっても隠しておきたいことなので、頷《うなず》いた。

「……あの日、遊びに行ったのは統瑠様と翔瑠様、聖さんだけで、あたしはそれを見送りました」

「そうだったよねぇ。環ちゃんは記憶力良いねえ」

うふふ、と笑う統瑠に、あたしはいつの間にか止めていた息を吐き出す。

機嫌を損ねずに済んだことに安堵《あんど》はするが、黒い感情を覚えずにはいられない。

一体なんなんだろう。嫌がるあたしを脅してまで連れていったのに、今はいなかったことにしておけだなんて。随分と虫のいい話だ。

しかし、統瑠に反抗してもなんの意味もない。

「話はそれだけですか？　それならあたしはこれで」

そのまま去ろうとした時、再度「ねえ、環ちゃん」と呼び止められた。

今度はなんだ、と振り返ると同時に、突然伸びてきた腕があたしの肩を引き寄せた。頬《ほお》に、柔らかい何かを感じる。

それが統瑠の唇だとわかった瞬間、あたしの頭は完全に凍りついた。

「いい子な環ちゃんにご褒美《ほうび》だよ」

ニヤニヤと笑う統瑠に、言葉も出ない。

一体なんのつもりなのかと顔をひきつらせれば、背後でボトリと何かが落ちる音がした。

反射的に振り返る。そこには小柄な黒髪の少女が足元に鞄《かばん》を取り落とした状態で固まっていた。

「あ、天城《あまぎ》さん！」

彼女は黄土兄弟の親衛隊で、統瑠の許嫁《いいなずけ》だ。先ほど統瑠にされたことを彼女に見られてしまうとは——

「ちょ、これは、別にただのご褒美……っていうか、その変な意味はなくて」

説明しようとするが、逆にどう説明していいかわからず混乱する一方だ。

「あはは、環ちゃん、何言ってるの？　おっかしー！」

大笑いする統瑠に本気で殺意を覚える。

「美香《みか》ちゃーん、見てた？　環ちゃんの反応。おもしろーい！」

天城さんに無邪気に抱きつき、大笑いする統瑠。彼の様子に、呆れを通り越して嫌悪感を抱く。

全くなんて男だ、こいつは。

他の女にキスをした直後、許嫁に抱きつくとか。

統瑠は攻略対象の中でも恋愛観がひどく捻《ひね》くれている。なぜこんな男を乙女ゲームの攻略対象にしたのか。開発者に心から疑問を呈《てい》したい。

いやいや、開発者への文句を言っている場合ではなかった。状況はかなり悪い気がする。

天城さんは未だ固まったまま、一言も発しない。

嫉妬《しっと》爆発までのカウントダウンかと恐怖を感じていたら、天城さんの呟《つぶや》きが聞こえた。

「統瑠君。環お姉様になんてことを……」

頬に手をあて突っ立ったままという天城さんの反応は、統瑠が期待したものではなかったらしい。

彼は不満げに口をとがらせる。

「何、その反応。つまんな～い」

統瑠はぴょんと天城さんから離れ、踵《きびす》を返した。

「つまんない！　翔瑠を探しに行こっと！」

傍若無人《ぼうじゃくぶじん》な統瑠の行動に唖然《あぜん》としていると、統瑠が去り際にくるりと振り返った。

「あ、そうだ。環ちゃん。君が嘘を広めるような娘《こ》だとは思ってないけどさ」

そう言って微笑む統瑠の目は紅い。吸血鬼は能力を発するとき、目の奥に紅い光を宿らせる。どう見ても人間のものではない紅い光に、あたしは身を竦《すく》める。そんなあたしの様子に満足したのか、彼は軽快な足取りであたしに近寄り、楽しい内緒話でもするように耳打ちしてきた。

「……事実と異なる話を広めたら、お仕置きしちゃうかもね」

あからさまな脅しに頷《うなず》くことしかできない。統瑠は、今度こそ去っていった。

その背を呆然と見つめていたら、横からおずおずと話しかけられた。

「あの、環お姉様、大丈夫ですか？」

天城さんの心配そうな顔になんだか癒《いや》されて、あたしの身体のこわばりは解けていく。

「あ、まあ。大丈夫」

「すみません。統瑠君も悪気はない……かどうかはわかりませんが、後で注意しておきますから」

自分のことでもないのに謝る天城さんに、あたしは首を横に振った。

「いや、天城さんに謝られても」

「……すみません。私ごときの頭じゃ、下げても意味ないですよね」

「いや、そういうことじゃなくて……」

「本当に、統瑠君ってばなんてことを。……紅原《べにはら》家の花嫁候補に、遊びでも手を出すなんて」

後半はブツブツと声が小さくてよく聞こえなかった。天城さんに聞き返したが、彼女は慌てたように手で口を押さえる。

「いえ、なんでもありません。そういえば頬《ほお》、大丈夫ですか？　気持ち悪いなら消毒しますけど」

天城さんはポケットからハンカチを取り出し、あたしの頬に当ててきた。

いや、一応君の許嫁《いいなずけ》からのキスだったんだけど、その反応はどうなの……

「ちょっと待ってください。今、消毒液を出して……きゃあ」

天城さんは救急セットらしき白いケースをひっくり返す。

「大丈夫？」

絆創膏《ばんそうこう》などを拾うのを手伝うと、彼女はしょんぼり肩を落とした。

「すみません、環お姉様。私ったらドジで……」

「いや、いいよ。でも、あの……なんで、お姉様？」

呼ばれた瞬間から気になっていたのだが、先ほどは質問できる状況じゃなかった。あたしの疑問に、天城さんはハッと手を止める。

「申し訳ありません、馴れ馴れしくお呼びしてしまって」

多岐先輩、と言い直す彼女は、見るからに寂しそうに目を伏せた。

なんだか、こちらがいじめているような気分になってしまう。

「いや、別に呼び方くらいで、そこまで恐縮しなくてもいいけど……」

「……では、環お姉様とお呼びしても？」

小動物のように天城さんはこちらを見上げてくる。

う、美少女の上目遣いは反則じゃなかろうか。

黄土兄弟の親衛隊である彼女にそんな呼び方をされるのは、できれば勘弁してもらいたい。ただ彼女には以前庇《かば》ってもらった恩があるだけに、邪険《じゃけん》にしにくい。

「……いいけど」

「本当ですか！」

天城さんの顔が明るくなった。

彼女の笑顔に、なんだかいいことをした気分になる。

その時、遠くから天城さんの名前を呼ぶ声がした。

声のしたほうを見れば、スーツ姿の男性がこちらを見ている。

どことなく天城さんに似た面差しの男性だ。彼女の身内かと思うが、そこまで親しくない相手をあまり詮索《せんさく》する気にはなれない。

「あ、いけない。ごめんなさい、環お姉様。ちょっと私、人を待たせてまして」

天城さんはあわただしく救急セットの蓋《ふた》を閉めて立ち上がった。

「いや、別に気にしなくてもいいよ」

「すみません。このお詫《わ》びは後日」

本当に気にしなくていい、と言う間もなく、天城さんは男性のもとに去っていく。

ぼーっと彼女を見送りながら、ふと自分の手に絆創膏《ばんそうこう》が残っていることに気が付いた。

「え？　あ、天城さん、これ。絆創膏、忘れてる！」

しかし、天城さんにあたしの声は届かなかったらしく、彼女はそのまま男性と共に立ち去ってしまった。

次に会ったら返せばいいか。とりあえずポケットにそれを入れ、辺りを見回す。もうすっかり暗くなっている。

空には星が輝いていた。

あ、そういえば、門限がやばい。

あたしは急いで立ち上がり、寮へと走り出した。

なんとか門限には間に合ったものの、寮まで走ったお陰で、ヘロヘロだ。

自室に着いた時にはもはや電気をつけるのも億劫《おっくう》で、あたしはそのまま寝てしまおうとベッドに向かう。

しかし、そこで目にした光景にあたしは飛び上がった。

「な、ななな！」

悲鳴を上げなかったのは、自分でも褒めたい。

あたしのベッドの上に刀が転がっていたのだ。

それはどう見ても鬼斬丸だった。

先ほど横穴に埋める際、泥まみれにしたはずだが、ベッドの上の鬼斬丸は汚れ一つない。

その様子はものすごく非現実的《シュール》だ。

あたしは恐る恐る鬼斬丸に近づき、その柄《つか》を持ち上げた。

刀身は鋼《はがね》のようだが、不思議と重さは感じない。せいぜいプラスチック製の模造刀くらいか。

どうしよう、これ。

刀があたしの部屋に現れたということは、あたしがこの刀の契約主になってるってことで確定だ。

鬼斬丸はどこに捨てようと埋めようと、主《あるじ》のもとに戻ってくる。

うわ～、どうしよう、どうしよう。

バッドエンド直行武器なんていらないよ！

だが、今さら何を言っても意味がない。

鬼斬丸の登録方法はわかっても解除方法は知らないのだ。

あたしは頭を抱《かか》えた。

抜き身の刀剣なんて、どうしろと。

吸血鬼以外に害はなくとも、見た目は立派な日本刀。こんなものを隠し持ってるとバレたら、銃刀法違反で捕まってしまう。

「せめて、これが刀じゃなかったら……って、うわ！」

呟《つぶや》いた瞬間、鬼斬丸の刀身が光り出した。

思わず刀を放り出せば、一瞬まぶしいほど大きな光を放って地面に落ちる。

だが、落ちたものは刀ではない。


「……鍵？」

そこには十センチほどの大きさの銀色の鍵が落ちていた。

蔦《つた》の絡まったような柄《がら》に緑色の石のはまった、アクセサリーみたいな鍵だ。

突然現れた鍵に呆気に取られたものの、その石の色には見覚えがある。

鬼斬丸だ。

鬼斬丸の柄《つか》の目貫《めぬき》部分に、同じ色の石がはまっていた。

では、これは鬼斬丸なのだろうか。あの刀が鍵になるなんて設定、ゲームにはなかったけど。

鬼斬丸を想像しながら恐る恐る鍵に触れると、再び鍵が光った。

やがて光は細長く伸びて、刀の形に戻る。

その光景にしばし放心状態になったが、驚くのも疲れてきた。

とりあえず色々実験してみることにする。

結果、鬼斬丸は刀と鍵の二つの形状が取れるとわかった。脳裏にどちらかの形を思い浮かべるか、形が変わるよう命じれば形状が変化するようだ。

あたしは鬼斬丸を鍵にして、刀に巻かれていた布を少し失敬して作った巾着《きんちゃく》に入れた。巾着の紐《ひも》は長くとり、首にかけられるようにしてある。

あたしは鬼斬丸を持ち歩くことにしたのだ。もちろん、使うためではない。

この部屋は聖さんも使うから、仕方なくだ。彼女があたしの机を漁《あさ》るとは思っていないけど、万に一つも彼女がこれを手にすることがないようにすべきだ。

あたしが持つことによって、委員長が鬼斬丸を手にすることは避けられるはず。とりあえず年度内は、あたしが鬼斬丸を管理しよう。

そもそも当初の目的は、これを委員長の手に渡らないよう隠してしまうことだった。その目的は達成している。

――そう思わない限り、これが手元にあるという恐怖に堪《た》えられそうになかった。

部屋のカレンダーを見れば、今日の日付の横に『八十』の文字が見える。

この数字がゼロになった時、聖さんは転寮する。晴れてあたしは、ヒロインのルームメイトという立場を脱し、穏やかな生活を送れるはず。
……死亡フラグ解除までの道のりの長さに気が遠くなり、くらりとした。
思わずその場に座り込み、ぐったりとしてしまう。
とりあえず今は寝よう。あたしは着替えて、今度こそベッドにダイブした。

イベント2　登校と忘却と

「環ちゃん、起きて。朝だよ！」

揺さぶられて目を開ければ、天井を背景にした聖さんが見えた。

「え、まさか寝坊!?」

慌てて飛び起きて時計を確認すると、いつも起きるより早いくらいの時刻を指している。

「……聖さんが珍しく、早く起きてる？」

思わず時計と聖さんを交互に見て呟《つぶや》く。すでに制服を着ている聖さんは、不満げに頬《ほお》を膨《ふく》らませた。

「ひどい、環ちゃん。あたしだって早起きぐらいするよ」

「じゃあ、毎日してよ」

「それは無理かもだけど……」

えへへ、と笑ってごまかす聖さんにあたしは白い目を向ける。

聖さんは朝が弱い。放っておくと遅刻しそうになる彼女を起こすのが、あたしの日課となっていた。

正直、これがかなり面倒。

結構寝汚《いぎたな》い聖さんは、なかなか起きない。「あと、五分したら起きる」と言ってギリギリまでベッドから離れず、それを引きずり出さなければならないのだ。

「久しぶりの自室だから、ちょっと早く目が覚めちゃったの」

聖さんの言うとおり、彼女がこの部屋で朝を迎えるのはおよそ二週間ぶりだ。

黄土兄弟誘拐事件にガッツリ関わったことが吸血鬼側に知られた聖さん。ずっと検査ということで入院させられていたんだけど、昨日になって、帰ってきたのだ。

カレンダーを見ると、聖さんの引っ越しデーまで、残り七十七日。

部屋を眺《なが》める聖さんにつられてあたしも視線を巡《めぐ》らせれば、可愛らしい物で溢《あふ》れた聖さんの机周りに目がとまる。

「聖さん、少しずつでも荷物を片付けておきなよ。二学期には天空寮《てんくうりょう》なんでしょ？」

「もう、嫌なことを思い出させないでよ。環ちゃんのいじわる」

「いじわるって……ふわぁ……」

一つ大きなあくびが出た。聖さんは目を丸くしている。

「大あくび。なんか、環ちゃんこそ、珍しく眠そうだね」

「ん～、ちょっとね」

ベッドから立ち上がり、伸びをするが、いまいちすっきりしなかった。

壁にかけられた姿見に映る自分の顔は、いつもより青白い。

誘拐事件後に寝込んだ後遺症か、未だにだるい日が続いていた。

しかし、一週間も学校を休んでしまったので、これ以上は休めない。

あたしは手早く身支度を整え、聖さんと食堂に向かう。

食堂では数人の生徒が朝食を取っていた。

朝食はバイキング形式で、カウンターに用意されたおかずやご飯、パンを好きなように食べていいことになっている。

あたしはご飯と汁物、さらに考えてからほうれん草のおひたしを取って、空いた席についた。

いつもよりやや少な目のメニューだが、なんとなく食欲がないので、食べきれるか心配だ。

「ねえねえ、環ちゃん。せっかくだから今日はこのまま一緒に登校しようよ」

洋食中心のメニューを食べていた聖さんが、話しかけてくる。

あたしは、食事をお茶で胃に流しこみながら、しばし考えた。

なんで、今日はわざわざ聞いてくるのだろう。いつもは何も言わなくとも一緒に登校するくせに。

嫌な予感はするが、今まで逃げられた試しなどない。

食事を終えた後、あたしは承諾した。

「別にいいけど……」

「本当？　嬉しい！　二人きりだと恥ずかしくって」

ちょっと待て。それはどういう意味だ？

そう思った矢先、突然食堂の入口のほうから悲鳴が聞こえた。

何事かと思って、視線を向けた先にありえない人物が立っている。

「あ、絆《きずな》先輩だ。お迎えに来てくれたのかな？」

迎えって何、と思っていたら、生徒会副会長の緑水《りょくすい》絆が挨拶《あいさつ》をしてきた。

「おはようございます。利音」

ゲームならキラキラした効果がつきそうなほど麗《うるわ》しい笑顔に、目が潰れそうだ。

なんで副会長が智星寮《ちせいりょう》に現れるんだ？　こんなこと、ゲームでもなかったのに。

予期せぬ事態に混乱するあたしなど目にも入っていないのだろう。緑水副会長はまっすぐ聖さんに近づいた。

「利音、準備はできてますか？」

「え？　もう、そんな時間ですか？」

「個人的な理由で申し訳ないのですが、授業前に片付けたい仕事があるので……」

「あ、そうなんですね。すみません。じゃあすぐ、鞄《かばん》を取ってきますね」

何やらわかりあっている様子の二人に目を白黒させていたら、聖さんがお盆を持って立ち上がった。あたしも慌てて、それについていく。

さっきから食堂中の視線がこちらに向いているのだ。こんな場所に一人で置いていかれては、たまらない。

登校の準備のため、自室に戻った聖さんにあたしは詰め寄った。

「聖さん、これは一体、どういうこと？」

「絆先輩のこと？」とのんきな様子の聖さんに苛立《いらだ》って思わず叫んでしまう。

「なんで緑水副会長の登校イベントが今、起こってんの⁉」

ゲーム『吸血鬼†ホリック』には、朝の登校時にランダムで攻略キャラクターが誘いに来てくれる『登校イベント』なるものが存在する。

だが、これは攻略対象の個別ルートに入らないと発生しないものなのだ。個別ルートに進むのは、聖さんが二学期に天空寮《てんくうりょう》に入ってからのはず。

なのになんで緑水副会長が迎えに来るんだよ！

「は？　登校イベントって」

不思議そうに首を傾《かし》げた聖さんに、うっかりしゃべりすぎたと慌てる。

「あ、いや、それはいいんだけど。なんで副会長が智星寮《ちせいりょう》に聖さんを迎えに来たのかなって……」

「ああ、それ？　実は転寮を延期してもらうための条件なんだ」

聖さんが言うには、天空寮に移動になるまでの期間、護衛を兼ねて朝夕、月下騎士たちが送り迎えを行うことになったらしい。

「順番はその時に予定が空いている人ってことで、特に誰って決められてはいないんだけど……って、環ちゃん。どこ行くの？」

鞄《かばん》を持って逃げようとするあたしの腕を、聖さんが掴《つか》む。

「は、離して、聖さん」

「一緒に行く約束したでしょ。ほら遅刻するから、行こう」

あたしは必死で逃げようともがくが、聖さんの手は外《はず》れない。がっちり腕を掴まれて、部屋から引きずり出される。

「二人で行けばいいじゃない。絶対、緑水副会長に嫌な顔されるって」

登校イベントは、好感度がかなり高い状態で発生する。

イベントを邪魔した日には、明日の朝日を拝めると思えなかった。

「そんなことないよ。ね、絆先輩」

いつの間にか玄関に着いたようで、血の気が引く。

玄関先では、遠巻きに眺《なが》める大勢の生徒を背に、副会長が立っていた。

副会長はまるで周囲を気にする様子はなく、聖さんを不思議そうに見つめ返している。

「なんの話ですか？」

「環ちゃんも一緒に行ってもいいですよね？」

同じく他者の目を気にしないヒロインが、さも当然のように聞くので焦った。

「いや、これは聖さんが勝手に言ってるだけで、お二人の邪魔をするつもりは……」

「構いませんよ」

「へ？」

予想外の答えに目を丸くする。副会長は時計に目をやり、苛《いら》ついた様子で言った。

「聞こえませんでしたか？　俺は構いません。それより時間が惜しいので、早く行きますよ」

副会長はそう言うなり、背を向けて歩き出す。その姿に呆然としていたら、聖さんに手を握られた。

「あ、絆先輩、待ってください。ほら、環ちゃん。行こ！」

すんなり受け入れられたのが意外すぎて、あたしは聖さんに引っ張られるまま、副会長の後を追う。

だが、二人が人の多い通学路を使おうとしていることに気付いてさすがに止めた。

副会長に睨《にら》まれたが、ここは譲れない。この二人は全く気にしていないけど、さっきから周囲の視線がすごいのだ。嫉妬《しっと》や羨望《せんぼう》を含む視線が背中に突き刺さっている。

このままでは絶対騒動になる、とあたしは二人を説得して、人の少ない通学路に誘った。

誘導したのは林の中の遊歩道。

車も通れる今の通学路ができるまで使われていたもので、学校へも遠回りになるため廃《すた》れてしまったらしい。人気《ひとけ》がないはずと推測したとおり、人の姿は見えなかった。

あたし、その横に聖さん、数歩離れて副会長――と連《つら》なって歩く。

「わあ、綺麗《きれい》」

林の中の道は、青葉の隙間から落ちる光できらきら輝き、神秘的な風景を作り出していた。その光景に聖さんが感嘆の声を上げる。

「すごい。環ちゃん。よくこんな道知ってたね」

この道を知っていたのは前世のゲーム知識があるからだと話すわけにもいかず、「まあね」と曖《あい》昧《まい》に返す。

聖さんも追及する気はないらしく、目を輝かせながら風景を楽しんでいた。

「本当に気持ちいい道。こんな場所に来たら学校に行きたくなくなっちゃうね」

そうかな。あたしは、一日でも多く学校に行きたい。

病欠で結構長く休んだせいで、勉強が追いつかなくなっているのだ。いっそ休みの日も授業をしてほしいくらいだ。

「……今日は平日だよ？　授業をこれ以上休んだら、進級できないよ」

「え⁉　あ、そ、そうだね。も、もちろん、わかってるよ」

なぜどもる？

「じゃあさ、環ちゃん。夏休みに海に行かない？」

「え、嫌だよ」

何が「じゃあ」なのかわからないが、なんで夏休みまでヒロインのイベントに付き合わなければならないのか。

即答したのに、鉄の精神を持つヒロインは諦めない。

「なら、山にしよう。確かに海は肌が焼けるし、潮風でベタベタするから嫌かも」

「いや、そういう問題じゃなくて、外出自体が嫌だって言ってるんだよ」

「まあ、環ちゃんアウトドアってタイプじゃないからね。それなら、室内で遊べるところにしようか」

「いや、だから……」

なんなんだろう。あたしはちゃんと日本語、しゃべってるよね？

なのになんで通じないのだろう。もしわかってやってるのだとしたら悪質極まりないな。

聖さんのどこまでも自分本位なポジティブシンキングに絶句する。

「そうだ。せっかくだし他の人も誘おうよ！　統瑠君とか翔瑠君とか」

副会長の前で他の男の話をするのはやめて。しかも黄士兄弟とか。

先日の誘拐事件を忘れたのだろうか。あ、そういや聖さん、あの時ほとんど意識なかったっけ。

「どうせなら、月下騎士会の人を全員誘いたいかも。二学期から寮を移るし、親睦《しんぼく》も兼ねて、ね？」

おそらく聖さんはこれから移動する天空寮《てんくうりょう》と月下騎士たちが暮らす月影寮《げつえいりょう》が隣接するため、こんなことを言い出したのだと思う。

月下騎士全員とか、どんだけ貪欲《どんよく》なんだよ。

大体、そんな集まりなら、あたしが行く必要はなくないか？

「ね、絆先輩。夏休みに親睦会とか、いい考えだと思いません？」

え？　嘘、この話、副会長に振るの？

ゲームでの副会長って、聖さんに対して激アマなんだよね。過去に彼女を《古き日の花嫁《ラ・マリエ・ダンタン》》にしてしまった負い目で、どんな願いでも叶えようとするのだ。しかも副会長は、月下騎士会の影の支配者ともいわれるくらい発言力が強い。

俄《にわ》かに現実味を帯《お》びはじめたイベントの気配に、あたしは慌てた。

「え？　ちょ、聖さん。それはちょっとわがままするよ。絶対無理……」

「……そうですね。無理です」

副会長の同意に、我が耳を疑った。さっきあたしの同行を拒否しなかったことといい、彼はゲームでは考えられない行動を取っている気がする。考えこんでいると、聖さんが不満の声を上げた。

「ええ～、なんでですか」

そりゃ、月下騎士の面々は忙しいからだろう。そう思っていたら、副会長は思わぬ言葉を口にした。

「夏休みは寮で過ごし、遠出はしないと約束したはずですよ」

「え？　それって……どういうことですか？」

顔を曇《くも》らせる聖さんに、副会長が嘆息する。

「なんとなく、そうではないかと思っていたのですが、やはり忘れてますね。あなたの望み通り、天空寮への移動は延期しました。その条件として夏休みの外出は控えるよう、伝えたはずです」

「で、でも、それって絶対出かけちゃダメって話じゃなかったし……」

「親元に数日間帰省する程度なら許可すると言いましたが、遊興目的では許可しかねます」

副会長はあたしをちらりと見た。

「細かい条件を忘れたのなら、後でもう一度説明しますが」

珍しく言葉を濁《にご》す副会長に、あたしには聞かれたくない話なのだろうと察する。

しかし、聖さんがそれで納得するはずがない。

「そういう問題じゃないわ！　一生に一度きりの高校二年の夏休みなんですよ！」

遊びに行けないなんてありえない、と訴える聖さんだが、副会長は決して首を縦に振らなかった。

「それでも許可はできません。あなたの身の安全には代えられない」

「遊びに行くだけで、危険なことなんてしませんから」

「今のあなたには、どこであろうと危険なんですよ」

ともかくダメの一点張りの副会長に、聖さんは膨《ふく》れて、あたしの腕を掴《つか》み揺さぶる。

「環ちゃんも、わからずやの絆先輩に何か言ってよ！」

そんなこと言われても。村人級に非力なモブに、魔王に立ち向かえとか無茶すぎるよ。

「聖さん、事情はあんまりわかんないけど、わがまま言って副会長困らせるのはやめなよ」

「むう、環ちゃんまで。もう、知らない！」

聖さんは二対一と分が悪いことを悟ったのか、そっぽを向いたかと思うと走り出した。

もしかしてそのまま走り去るのかと思ったが、聖さんは十メートルもいかないうちに速度をゆるめ、数歩歩くごとにこちらをチラチラと振り返る。

あたしと副会長から一定の距離を保ちながら、それを続ける彼女に呆れてしまった。

もしかして、機嫌が悪いアピールをして、こちらが折れるのを待っているのだろうか。

あまりに子供っぽい行動だが、聖さんなのでもはや驚かない。

それよりこの状況になっても、聖さんのご機嫌取りをしない副会長のほうが気になる。

「追わなくていいんですか？」

「……追ってどうするんです？　言うべきことは言いました。納得できないのは彼女の問題です」

突き放したような答えに思わずぽかんとする。

ゲームではあんなに聖さんにベタ甘だったのに。

意外な副会長の言動に、本当にこれは副会長かとまじまじと見上げていたら、彼と目が合った。

「……なんですか？」

不機嫌そうに睨《にら》まれて、「いえ、別に」と視線を外《はず》すと、溜息《ためいき》が聞こえる。

「……あなたなら、あの場合どうします？」

副会長からの質問にあたしはますます困惑した。まさかと思いつつ、恐る恐る聞き返す。

「それって、もしかして聖さんのことですか？」

すると副会長は、それ以外に何かあるのか、と言わんばかりの視線をよこした。

「……先ほど、どう言えば機嫌を損ねずに説得できたでしょう？」

とっさに出そうになったあたしの答えは、「わかるわけがない」だった。

聖さんの思考は宇宙人みたいなものだ。理解不能で機嫌の取り方がわからないのはあたしも同じ。

しかし、副会長相手に考えなしの発言は怖くてできない。

「……えっと、聖さんが怒ってるのは、外出ができないからなので、許可してあげたらいいんじゃ」

「それができるなら、あなたになんて相談してませんよ」

無理やりひねり出した答えを冷ややかな視線で一蹴《いっしゅう》され、イラッとしたが我慢する。

「俺一人なら都合をつけられるので、出かけられるのですが」

どうやら聖さんの遠出は、今日のように月下騎士を伴《ともな》えば、可能らしい。

なんてゲームの展開に都合の良い条件なんだろう。

なんとしてもイベントを起こそうという誰かの力が働いているようで、怖いな。背筋が寒くなった気がして腕をさする。

「どうしました？　なんだか、顔色が悪くなった気がするのですが」

こちらの変調に気付いた副会長の声に、あたしは首を横に振った。

「いえ、なんでも。それより、なんで、副会長は言わなかったんですか？　自分一人なら、出かけられるって」

そうすれば、二人きりのデートが実現したのでは？

「それは……」

あたしの指摘に顔を暗くする副会長。その表情から、ふとゲームのセリフを思い出す。

「もしかして聖さんと二人きりで出かけて失敗するのが怖いとか……べほっ！」

言い終わる前に、片手で口を塞《ふさ》がれた。両頬《りょうほほ》に指が食い込んで、痛い痛い！

「……なんですか、それ。そんなわけないじゃないですか」

黒いオーラを放ちながら笑う副会長に、どう考えても図星だろうと思ったが、そんなこと口にするほどの度胸はない。

「ほ、ほうへふ！　ほうへふよへ！」

必死に首を縦に振って、同意したことにより、副会長の手が外《はず》れる。

急いで副会長から距離を取り、頬を押さえた。

うう、だってゲームでは副会長自ら聖さんに語ってたんだもん。

『初デートの時、どれほど緊張して、失敗を恐れていたのかなんて知らないでしょう』って。

でも、これベストエンディング後の会話なんだよな。

聖さんに今以上にベタ甘な副会長の笑みを思い出し、その千分の一でもいいからこちらに優しさを向けてくれないかと思う。でないとこの会話が終わるまでに、あたしの顔が変形しそうだ。

「まったく。以前から失礼な人だとは思っていましたけど、これほどとは。俺を怒らせたいんですか」

「ううう。それは、申し訳ありません。じゃあ、聖さんの誘いを断った理由って……」

あたしの再度の問いに副会長は少し躊躇《ためら》いをみせたが、ポツリと呟《つぶや》いた。

「利音は、月下騎士全員と遊びに行きたいのでしょう？」

「そんなことを言ってましたね。でも、無理ですよね？」

「ええ、どう考えても無理なんですよ。ならば、いっそ中途半端なことはせず、許可しないのが利音のためと思ったのですが、まさか、怒ってしまうなんて」

え、ちょっと待て。それが誘いを断った理由？

そういえば副会長はゲームの中で、聖さんの出すいろんな無理難題に完璧《かんぺき》に応えていた。負けず嫌いな上、本人の基本能力が高いせいで大抵のことはできるからだが、よもや完璧主義をこじらせているとは。

この場合、月下騎士全員にこだわる必要はないのだと副会長に教えてあげれば、話は終わる。

しかし、あたしはそれを伝えるのを躊躇《ちゅうちょ》した。

聖さんの相手として、副会長は推奨したくないからだ。

彼のルートには『吸血鬼†ホリック』中、最悪のエンディングと言われた、学園壊滅エンドへの分岐がある。たとえ二学期になって聖さんとの縁が切れたとしても、そんな事態に陥《おちい》れば、あたしの命があるとは思えない。

悪いとは思うけど、自分の命には変えられない。

この際、絶対に起こせないイベントにずっと頭を悩ませてもらおう。そうすれば、聖さんとの仲も進展しないはず。

副会長、あたしはあなたの味方ではないのだ。

「……そうですね。もう、ここまで来たら、なんとかするしかないんじゃないですか？」

「なんとか、とは？」

「月下騎士全員でお出かけするんですよ」

「だから無理だと」

「でもそこをなんとかしないと、聖さん、きっと納得しませんよ」

脅すように言えば、副会長の瞳が揺らぐ。

「……本当に、それで利音は機嫌を直してくれるでしょうか？」

「間違いなく、機嫌は直るし、副会長のことも見直すと思いますよ」

本心から答えたのだが、副会長は胡散《うさん》臭そうな顔をした。

「なんでしょう。あなたが協力的だと、ものすごく嫌な予感しかしないんですけど」

ぎくっ。下心がバレそうになってあたしは慌てて取り繕《つくろ》った。

「ソンナコトアリマセンヨ。被害妄想デスヨ」

「そういう片言なところが怪しいんですけど、助言を求めたのは俺ですしね」

まあいいです、と副会長は息を吐く。

「わかりました。そこまで言うなら、考えてみます」

副会長の言葉に内心でガッツポーズをしていたら、副会長の目が光った。

「ですが、俺を陥《おとしい》れようというなんらかの意図が助言に含まれていた場合、それなりの報復は覚悟しておいてくださいね」

ぞくり。微笑みながらも黒いオーラを放つ副会長に魔王の風格を見て、あたしは血の気が引いた。

これは判断誤ったかも。だが、今さら撤回はできない。

「むう、二人で仲良く何してるの？」

想像より近い距離で聞こえた聖さんの声に顔を向ければ、彼女はいつの間にかあたしたちのそばに立っていた。

おそらく一人で放置され、寂しくなったのだろう。

子供のようなヒロインの行動に呆れていたら、副会長が聖さんに優しい笑みを向ける。

「別に、普通に話していただけですよ」

「本当ですか？　随分二人で盛り上がっていたようですけど？」

「そんなことはありません。それより、利音。先ほどの件ですが……」

え、もしかして、なんとかするって宣言する気か？　それともまさか、叶える当てがあるとか？

展開を読み間違えたのかと、ギクリとしたその時――

「利音ちゃーん！」

明るい声が響き、前方から黄土兄弟がやってきた。

「あ、おはよう、統瑠君、翔瑠君」

「おはよー。珍しいね、こんな所でどうしたの？」

話を邪魔されて不機嫌な副会長に気付いているのかいないのか、統瑠は無邪気に聞いてくる。

「うふふ、今日はね、ちょっと気分転換に通学路を変えてみたんだ。統瑠君たちは？」

「ここ、僕たちの寮からの通学路なんだよ」

統瑠の言葉に学内地図を思い浮かべ、確かに途中で月影寮《げつえいりょう》からの道に重なることに気付いた。

攻略対象と遭遇する可能性があるなら、明日からは別ルートを考えたほうが良さそうだ。

「でも、緑《みどり》先輩も一緒とかめっずらしーね。まさか、朝からデート？」

統瑠がニヤニヤと茶化せば、聖さんが顔を赤くする。

「え、ええ？　そんなんじゃないよ！」

「からかうのはやめなさい。君たちも事情は聞いているでしょう？」

副会長の極寒ブリザードの視線にも、統瑠は慣れているのか全く動じていない。

「もう、緑先輩ってば相変わらず固いねえ」

「君がやわらかすぎるだけです。大体、多岐さんも一緒なのにデートなわけがないでしょう？」

「……環ちゃん？」

副会長の言葉に、何やら翔瑠が反応してこちらを見たが、あたしは統瑠のほうを警戒する。

先日、妙な警告を受けたばかりだ。去り際のキスの真意もつかめない。少なくとも好意や謝意からではないだろう。とにかく今一番の要注意人物だ。

彼らから距離を取ろうと後退《あとず》さると、統瑠がつまらなさそうに口をとがらせた。

「そんな警戒しなくていいよ。二度とやらないようにって散々、美香ちゃんに言われたから」

統瑠のうんざりした様子に、天城さんが本当に注意してくれたのだとわかって、あたしは嬉しくなる。

それでも警戒は解かずさらに一歩後ろへ下がると、誰かにぶつかった。

驚いて振り返れば、翔瑠が立っている。いつの間に移動したのだろうか。その近さに一瞬身体が強張《こわば》る。

「か、翔瑠様？」

「……環ちゃん、ちょっとじっとして」

翔瑠はあたしの側頭部を掴《つか》むと、そのまま自分の顔を近づけてくる。

鼻先が触れそうな距離に、わけがわからず目を閉じると、こつりと額に硬いものが触れた。

「……ん、熱はなさそう」

その一言で、どうやら体温を測られたのだとわかった。

高校生にもなって、なんつう測り方するんだよ、こいつは！

あまりの恥ずかしさに、頭突きしたい衝動に駆《か》られる。必死で抑えていたら、やがて翔瑠は頭を離した。

「な、何するんですか？　いきなり」

息が乱れ、心臓が暴れまくっている。

非難の声を上げるが、翔瑠はいつものぼんやりした表情で首を傾《かし》げた。

「熱を測っただけだよ」

「手を使ったらいいでしょう？　いや、そもそもなんで急にあたしの熱を測ろうなんて……」

「なんか顔色が悪かったから。熱はないみたいだけど、さっきより顔が赤くなってる」

「あ、あんなことされたら誰だって、赤くっ……。もういいです」

翔瑠の顔を見ていたら、動揺する自分が馬鹿らしくなってしまった。

「体調は問題ありません。丈夫なだけが取り柄ですから」

「でも、四月にも倒れたって聞いたけど？」

なんでそれを翔瑠が知ってるんだ？

あたしのことなど微塵《みじん》も興味がないのは、先日の誘拐事件で体調不良を訴えても聞いてくれなかった件でわかってる。

その後、何かあたしを気にする必要がでてきたのだろうか。

「別に四月のは体調不良というわけでは……」

「でも二ヶ月ちょっとの間に二度も倒れるとか、何か病気じゃないの？」

「それはありませんよ。先日先生に診《み》てもらいましたけど、風邪という診断でしたから」

あたしはそう強調するも、誰の同意も得られぬどころか、疑惑の視線が集まった。

「そういえば、今朝もだるそうにしてたよね。朝ごはんもあんまり食べてなかったし」

「多少、顔が青いと思ってましたが、具合が悪かったからですか」

聖さんと副会長が二人して余計なことを言うものだから、翔瑠がとんでもないことを言い出した。

「ねえ、環ちゃん。今日はこのまま保健室に行こう。僕、送るから」

翔瑠の提案があまりに唐突で驚いていたら、代わりに統瑠が反応した。

「え？　翔瑠。それじゃ、授業に遅れて……」

「……統瑠は先に行って、担任に遅刻するって伝えて」

「それはいいけど……」

翔瑠の珍しい行動に統瑠は戸惑《とまど》いを見せているが、積極的に反対するわけではないようだ。

もっとがんばって反対してよ、と思ったが、統瑠があたしの利になることをするはずもなかった。

統瑠が黙ったのを確認した翔瑠は、あたしをまっすぐ見つめて手を差し出してくる。

「……環ちゃん。ほら、どんどん顔色が悪くなっているよ。行こう」

それはお前が原因だ、と叫びたいが、叫んだところで状況が良くなるとは思えない。

翔瑠は今まで全くあたしに興味がなかったはずだ。異様にも思える翔瑠の真意がわからなくて悩んでいたら――

「せやったら、俺が連れて行くわ」

背後から新たな声が聞こえた。

なんでこの人が……？

「おや、円《まどか》。君も今、登校でしたか」

「緑先輩、おはようさんです」

その人物は副会長と挨拶《あいさつ》を交わしながら、あたしたちに近づいてくる。

そして横に並んだ瞬間、あたしの手を取って、そのままその場を立ち去ろうとした。彼に手を引っ張られて、翔瑠との間に距離ができる。

そのことにはホッとするものの、握られた手のせいで落ち着かない。

なんだ、一体何が起こってるのだ？

「っ……紅《べに》ちゃん。いきなり来て何？」

翔瑠の非難に、あたしを連れ去ろうとした人物――紅原はようやく立ち止まった。

「いきなりはお前も同じやろ？」

紅原の声はどこか平坦で、いつもの明るい調子がない。

どうしたのだろうと不安になるが、口を挟める状況ではなかった。

「……でも僕のほうが先に」

「先も後もないやろ。保健室に送るくらい……」

「……あるよ。僕が行くから、紅ちゃんは引っ込んでて」

自分が行くと主張する翔瑠に、紅原が怪訝《けげん》そうに眉を顰《ひそ》めている。

「なんでそんなに連れていきたがるんや？」

「……紅ちゃんには関係ないよ。とにかく、環ちゃんは僕が連れていくから」

そう言って翔瑠が手を伸ばしてくるが、その手が届く前に紅原が背中にあたしを隠した。

「だめや」

「……なんで？」

「俺のクラスは一限目、自習やから時間に余裕あるけど、お前は違うやろ？」

「……別にそんなの、一限くらい出なくても構わないし」

「そんなわけいかんやろ。一応俺らは生徒の手本にならなあかん立場や。サボりは先輩として見すごせん」

「……何それ。こんな時だけ先輩風《かぜ》ふかせないで」

睨《にら》み合う二人に、ハラハラする。本当にどういう状況だ、これは？

あたしを保健室に送ろうとしてくれているのはわかるが、なぜ睨み合いに発展する？

そもそも、あたしは大丈夫って言ってるのに！

はっ、もしや聖さんに対する点数稼ぎ？

ルームメイトに親切にしているところを見せて、ヒロインに良い印象を持たれたい……とか？

いや、でもこんなのどう考えても逆効果だよ。

ヒロイン、なんとかしてよ、と聖さんを見ると、彼女は何やらイライラしているようだ。

あ、なんかやばい兆候、と思った時には遅かった。

「それならあたしが連れていく！」

聖さんは手を上げ、大声で主張した。

おいこら、何、立候補しているんだ。話をややこしくするな！

「今日は環ちゃん、あたしと登校するって約束したんだもん！　あたしが連れて行くんだから」

拳《こぶし》を握り締め、宣戦布告する聖さんに頭痛がした。

なんでヒロインが攻略対象に対抗心を燃やしてんの？

本来こういうイベントでは……って、あれ？

これってもしかして聖さんの嫉妬《しっと》イベントなのだろうか。

ヒロインの自覚を促《うなが》す恋愛イベント。

他の女子を構う攻略対象にモヤモヤして自分の気持ちに気付くってやつだろうか。

今も攻略対象があたしに構うのが嫌で反対しているとしたら、この状況も見方が変わってくる。

もしかして、また知らないイベントが発生したのか。

なんにしても、あたしってば完全に当て馬だよな。

なんだか最近こんなんばっかりじゃない。そう思っていたら、それまで静観していた副会長の怒りを含んだ声が聞こえる。

「……はあ。まったくあなたたちに任せてたら、みんな遅刻してしまいますね」

この場の最上級生の言葉に、全員が注目した。

場に静寂が戻ったのを確認した副会長が、おもむろに指示を出す。

「円が多岐さんを保健室に送り、その他の者は教室に行くこと。これは提案ではなく、命令です」

反論を試みようとした者はもれなく絶対零度《ぜったいれいど》の視線にさらされ、なす術《すべ》もなく黙らされることになった。

結局、あたしは紅原と共に、学校へ行く四人を見送る羽目に。

何度も何か言いたげに翔瑠は振り向いたが、あたしはそれに気が付かないふりをした。

四人の姿が見えなくなった辺りで、紅原がこちらを見る。

「じゃあ、行こか」

普通に話しかけられて、なんと応えていいものやら。

紅原とは実に一月《ひとつき》半ぶりの再会だ。五月の連休中に突然あたしの幼なじみの店に現れ、無理やり案内役をさせられた。お礼どころか挨拶《あいさつ》もなく紅原は去っていったが、今の彼は特に変わった様子はない。

もしかして、気にしているあたしの心が狭いのだろうか？

「……えっと、何か俺の顔についてる？」

「あ、すみません。あたしったら。……そういえば、さっきはありがとうございました」

慌てて頭を下げると、なぜか紅原は困った顔をした。

「あ、うん。それなら良かったわ。ちょっと状況わからんと突っ込んでもうたから、大きなお世話やったかも、と思ったけど」

「そんなことありません。助かりました」

実際、様子がおかしい翔瑠と二人きりになるなど、恐ろしすぎる。

本当に翔瑠ってばどうしたのだろう。

統瑠が驚いていたとこをみると、今回のあの行動は彼の独断のようだし。

だが、なぜあたしに翔瑠が、という点が全く理解できない。

何か良からぬことの前触れかと不安を覚えていたら、手に温もりを感じた。

「なんや、その……。大丈夫か？」

紅原が、握ったままだった手をポンポンと叩《たた》いてくる。

子供をあやすような態度に少し複雑な気分になったが、やや体温の低い彼の手の感触があたしの心を落ち着けた。

「あ……すみません」

「なんやようわからんけど、もし翔瑠に何かされそうになったら頼って。一応これでもあいつの先輩やから」

言って聞くかはわからんけど……というぼやきも聞こえて、あたしは少し笑った。

「ああ、ようやく笑ってくれたな」

優しく微笑まれて、心臓が跳ねた。そういえばずっとつながったままの手に意識が集中し、恥ずかしさがこみ上げてくる。

「……ありがとうございます。でも、あの、手を離してもらえますか？」

「ああ、ゴメンな」

紅原は素直に手を離してくれた。意外にあっさり離れた紅原の手をまじまじと見つめてしまう。

今日は、からかわれないのか。

今までの経験からして、手を離すのが「嫌や」と言われるかと思ったんだけど。

って、いやいや。からかわれないならそれに越したことないじゃないか。

そんなあたしの葛藤《かっとう》は、次の紅原の言葉に吹き飛ばされた。

「初対面なのに馴れ馴れしくして堪忍《かんにん》な」

「え？　初対面って……」

もしかして、今、からかわれているのだろうか。

だがそれにしては、紅原の顔に、いつもの人を喰《く》ったような笑みが見つけられない。

心臓が嫌な音を立てはじめた。

「……何を言ってるんですか？　冗談はやめてください」

「え？　どこかで会ったことあるかな？」

考え込む紅原に、さらに不安が増す。

まさか本気で言ってる？

「ごめん。記憶にないんやけど。……いつ会ったかな？」

「何言ってるんですか？　最後に会ったのは結構前ですけど……」

どれくらいか聞かれて一月《ひとつき》半前と答えると、一瞬、紅原がひらめいた顔をした。

もしかして思い出したのか、と期待したが。

「ゴメン。俺、わりと、人に会うから、そんな前に一度会ったくらいじゃ、ちょっと……」

落胆と焦りであたしはイライラした。

なんで、なんでなんで？

「何言ってんですか。一度じゃないですよ。何度も会いました。名前だってちゃんと……」

「誰かと勘違いしとるとかは、ないんかな？　俺は君のこと知らんのやけど」

「……あたしを、知らない？　覚えてないって……」

信じられない言葉に、頭が真っ白になる。

その時どこか遠くから声が聞こえた。

『お前なんか知らない』

そう怒鳴る男の顔が紅原と重なる。

知らない人間を見るような不信感と冷たさをはらんだ瞳に、あたしは茫然自失となった。

脳裏に浮かぶのは、白い部屋と、窓に切り取られた青い空、翻《ひるがえ》る白いカーテン。そして子供の泣き声が木霊《こだま》する。

遠い記憶が目の前をグルグルと回り――

「ちょ、君!?」

耳元でした声にハッとすれば、紅原の顔が思いがけず近くにあって驚いた。

「べべべ紅原様、近い近い！」

「何言っとんの？　倒れかけといて……」

彼の身体を押し返した途端、身体が傾いたが、紅原の腕が支えてくれたので倒れるのを免《まぬか》れる。

「ほら、言わんこっちゃない」

呆れた声が聞こえるが、そういう問題ではない。

今のあたしの状態は、紅原に正面から抱きかかえられている状態だ。

こんなところ、誰かに見られたら恥ずかしい。何より、どんな嫌がらせを受けるか……

「おや、そこにいるのは、円かい？」

林に響いたハスキーな声にぎくりとする。

「希《のぞむ》か。ちょうどいいところに」

のぞむ……って、もしかしてあの真田《さなだ》希か？

紅原の幼なじみにして、許嫁《いいなずけ》。当然、親衛隊であり、紅原ルートで聖さんのライバルとなる女性。

別人であってほしいが、紅原がそう呼ぶ人物に、他に心当たりはなかった。

「一体、こんな所で何をやって……って、おやまあ」

真田さんに見つかったことがわかり、泣きそうだ。

「これはこれは取り込み中、失礼した。私は何も見ていないから、続けてくれ」

「おいこら、変な誤解すな！　この娘《こ》、倒れかけたんで介抱しとるだけや」

さっさと立ち去ろうとする真田さんに紅原が慌てて弁解する。

彼女はその声に振り返り、ふうと肩を竦《すく》めた。

「なんだい。せっかく君の成長が見られたと思ったのに残念だよ」

「朝っぱらから何を言うとんねん。お前は……」

紅原はげんなりしたように言いながら、あたしを離してくれた。あたしは樹の幹に背を預け、紅原のほうへ歩いてくる真田さんを見る。

ああ、やっぱり綺麗《きれい》な人だなあ。

真田さんはスラリとした長身が特徴の女子生徒だ。ショートカットでややボーイッシュな印象だが、垂れ気味の目の左下にあるほくろが色っぽい。今、紅原と並んでいるその光景は、美男美女で絵になり、なぜかあたしの胸がチクリと痛んだ。

「貧血か何か？」

真田さんにそう聞かれるが、別にそんな持病はない。

首を振ろうとした瞬間、背中と膝裏に紅原の腕が回された。そして制止する間もなく持ち上げられてしまう。

「っ、ひゃあ！」

急に足場を失った不安定感に、思わず紅原にしがみつく。

羞恥心《しゅうちしん》に、鼓動が速くなる。

「いきなり何するんですか。下ろしてください！」

混乱して抗議すると、「そうだよ、円」と真田さんが援護してくれた。もっと言ってくれ、と思っていたら――

「抱き上げるのはいいけど、いきなりは驚くからやめてあげなよ」

「いや、そこじゃなくて、止めてください……て、わ！」

あたしの抗議はあっさり無視され、紅原は歩き出す。

すると驚いた様子の真田さんが追いかけてきた。

「どこに行くんだい？」

「保健室。女子がいたほうが安心やろうから、お前もちょいついてきて」

「相変わらず勝手だね。まあ、別にいいけど」

頷《うなず》く真田さんに、あたしは慌てる。

「それじゃ遅刻しちゃいますよ」

「ああ、心配してくれるの？　ありがとう。でも大丈夫だよ、一限は自習って聞いてるから」

そういえばこの二人、同じクラスだった。なんてこった！

宙に浮いている身体が上下に揺れるのが怖くて、あたしは紅原にしがみつく。

「おおお、下ろしてくださいってば！　一人で歩けますから！」

しかし、紅原は全く聞く耳を持たず、そっけなく「しゃべると舌を噛《か》むよ」と返すだけ。下ろしてくれる気配はない。

「そうそう、そんな顔色で無理は良くないよ。ここは円に甘えてもいいところだと思う」

真田さんに優しく諭《さと》されるが、学校まで距離があるし、ずっと運ばれるなんてできない。

何より恥ずかしくて死にそう。

「ほら、あたし、重いですし……」

「まあ、確かに」

紅原の言葉が胸にぐさりと刺さる。うう、確かに自分から申告したけど、そんなにあっさり肯定しなくても。思わず恨みがましく見上げると、紅原が微笑した。

「冗談やって。それより、もう少し、しっかり肩に手を回してくれると助かるんやけど」

「……こうですか？」

下ろしてくれそうにないし、紅原に負担をかけるのは悪いので素直に従う。自分から抱きつく形になってますます顔が火照《ほて》るが、今さらだ。

だが、あたしの手の力が強すぎたのか、一瞬、紅原が立ち止まった。

「あ、すみません。もしかして苦しかったですか？」

「いや……」

紅原は否定したが、なぜか不機嫌そうだ。

もしかして力を込めたことを怒っているのだろうか。でも、そっちから言ったくせに。

理不尽な紅原の態度に手を緩めようか考えていると、隣から真田さんが気まずげに問いかけてくる。

「あの、本当に私、一緒にいてもいいのかな？」

「え？　何言ってるんですか。むしろ真田さん、いてください」

万が一、この状態を学園の誰かに見られても、彼女が一緒ならファンクラブに説明してくれるだろう。何よりあたしのことを忘れたという、様子のおかしな紅原と二人きりにされてはたまらない。

「あれ？　私の名前。……どこかで会ったことある？」

考え込んでいる真田さんに、あたしは首を横に振った。

「いえ、お会いするのははじめてです。ただ真田さんは有名ですから……」

実際、ゲーム知識を思い出す前からあたしは真田さんを知っている。

まるで某歌劇団の男役を彷彿《ほうふつ》とさせる美貌《びぼう》と、凛々《りり》しい立ち居振舞いは一部の女子に絶大な人気を誇る。実質、紅原のファンクラブの半分は彼女のファンだという話もあるほどだ。

「そうか、有名だなんてなんだか照れるね」

「……希はよくて、俺だけが初対面じゃないってなじられるんは、なんや理不尽やない？」

紅原は不満げだが、真田さんは平然と言い返す。

「そこは人徳の差、と言いたいけど。この娘《こ》が嘘を言ってるようには思えないよ。円とは本当に初対面じゃないいんだろう」

「……そうなんかもしれんけど、俺は全く覚えてない」

あくまでも知らないと紅原に言われて、悲しくなる。

それにしても、本気でどういうことなんだ、これは。

紅原が記憶喪失になるという展開自体は、実はそんなに不思議なことでもない。

紅原にはゲーム中で記憶を失うイベントがある。しかし、その時失われる記憶はヒロインのものだったはず。間違ってもこんなモブの記憶じゃない。

なんであたしが忘れられているんだろう。

漫画とか小説なら、「もしかして、彼にとってはあたしがヒロインなの……？」とか思うのかもしれないが、ありえない。そういう展開は主人公に起こるものだ。

自意識過剰な考えを持つと碌《ろく》なことが起きない。

他の原因を探《さぐ》るため、紅原の最後の様子を思い返す。

五月の休みに予告もなく親友の店に現れた紅原は、誤解を招くようなことを言ってあたしをからかい、車まで送れと脅したくせに、挨拶《あいさつ》もなしに勝手に帰っていった。

……あ、なんか思い出したら、すっごいムカつくんですけど。

ムカつくのはムカつくけど、彼があたしを忘れる要素なんてないように思える。

「でも本人を目の前に『知らない』はないんじゃないか？　君は彼女に謝るべきじゃないのか？」

紅原に謝罪させようとしている真田さんに、あたしはハッとした。

「待ってください。謝罪してもらうようなことは、ありません。きっとあたしが地味で目立たないから、紅原様の記憶に残らなかっただけだと思うので」

最後に会った日から一月《ひとつき》半も経《た》っているのだ。それしか考えられない。

すると、真田さんは納得するどころか、むしろ憤慨《ふんがい》した。

「何それ。全然そんなことないし、大体そんなの言い訳にもならないよ」

「いえ、誰かに忘れられるってはじめてじゃないですから気にしないで」

――脳裏に浮かぶのは、白いカーテンが翻《ひるがえ》る部屋。冷たく見下ろす男の瞳を思い出すと、心が現実から遠のいていきそうになる。

そんなあたしの耳に真田さんの不思議そうな声が届いて、現実に引き戻された。

「はじめてじゃないって、どういうこと？」

「……あ、いや。すみません。変なことを言って」

本当に気にしないでください、とごまかせば、幸い真田さんは追及しないでいてくれた。


その後、途中で紅原に下ろしてはもらえたが、結局、保健室には連れていかれた。

保健室に養護教諭はおらず、二人は先生が戻ってくるまで付き添っていると言ったが、さすがにそれは断った。これ以上、付き合わせるのは気が引ける。

教室に戻る二人の後ろ姿を見送ったあと、あたしは保健室のベッドに倒れ込んだ。

ずっと緊張していたせいか、身体のだるさが増していた。

翔瑠たちといた時は、あの場の空気に酔ったせいだと思っていたが、そうではないらしい。

一体この体調不良の原因はなんなのか。

自分の身体の変調が不安になり、枕に顔を押し付ける。枕からは保健室独特の匂いがして、あたしは顔を顰《しか》めた。匂いから遠ざかるように寝返りを打ったものの、反対側に見えた壁の白さにますます気が滅入る。

それを隠すように目を閉じて手で覆えば、今度は紅原の顔が浮かんだ。

紅原は別れ際、あたしに名前を聞いた。

その際、彼が呼んだ名前は「多岐さん」。

二度とあたしを忘れないと約束してくれたのはきっと彼なりの優しさなのだろうが、忘れられたという事実がつきつけられている気がして、胸が苦しい。

そんな紅原にあの人の影が重なり、あたしは目を開けた。

ああ、嫌だ。思い出したくない。

とうの昔に忘れたはずの痛みを感じて、胸を押さえて身体を丸める。

現実から目を逸《そ》らすように再び目を閉じて思考を放棄すれば、すぐに闇が全てを塗りつぶしてくれた。

◇◆◇

気が付くと、あたしは小さな部屋に立っていた。

薄暗い部屋には窓があり、そこから真っ青な空と大きな入道雲が見える。

遠くに蝉《せみ》の声が聞こえ、夏を感じさせる強い日差しは室内に強い陰影を作っていた。スポットライトのように光が伸びた先、窓のそばには寝台が置かれていて、男が座っている。

二十代半ばくらいの病衣《びょうい》の男は、あたしに気付いた様子もなく窓の外を見ていた。

あたしが部屋の入口で、ぼんやりとその光景を見ていたら、どこからか足音が聞こえてくる。

子供のものと思われるそれは、病室の前で止まる。そしてすぐに扉が開いて、四、五歳くらいの女の子が顔を覗《のぞ》かせた。

女の子は何かを探すようにキョロキョロと室内を見回していたが、やがて寝台の男に気が付き、満面に笑みを浮かべ室内に入ってくる。

『お父さん』

女の子の声に、男性がゆっくりと振り返った。

強い日差しが逆光になり、濃い影に覆われた男性の顔はわからない。

『お父さん、見て見て！　このワンピース、昨日お母さんに買ってもらったの。素敵でしょ？』

男を父と呼ぶ女の子は、その場でくるりと回ってみせた。子供用のワンピースが女の子の動きに合わせて軽やかに舞う。

しかし、楽しげな様子の女の子とは対照的に、男は黙ったまま動かない。

女の子はようやく男の様子がおかしいことに気付いたらしく、回るのをやめて、不安げに男を見上げた。

『……お父さん？　どうしたの？　なんで、お話ししてくれないの？』

『お父さんって誰のことだい？』

男の言葉に、女の子は目をぱちくりさせる。

『僕に子供なんていないよ。おかしなことを言う子だ』

『……何を言っているの？　お父さんは、あたしのお父さんだよ』

女の子は男にすがるように寝台に近づくが、男は舌打ちをして不快げに眉根を寄せた。

『まだ、嘘を吐《つ》くのかい？　お父さんとお母さんはどこ？』

周囲を見回し、大人を探す男に、女の子は必死に手を伸ばす。

『なんでそんなことを言うの？　どうしたの、お父さ……』

『だから、違うって、言っているだろう！』

男は苛立《いらだ》たしげに、女の子が伸ばした手を払った。

その勢いが強すぎたのか、その女の子は転んでしまう。

新品のワンピースは汚れ、手を振り払われたショックで、女の子の目からみるみる雫が溢《あふ》れた。

さすがに男は気まずげな表情を浮かべるが、女の子を助け起こそうとはしない。

『大人をからかうものじゃない。一体どういう躾《しつけ》をされているんだ？』

怒気をはらんだ瞳で睨《にら》まれて、女の子は声もなく泣きはじめた。

ボロボロととめどなく涙を流す女の子を、男はただ冷たい目で見下ろしている。

悲しい光景だったが、あたしは男の代わりに女の子に手を差し伸べようとは思わなかった。

だって、無駄だとわかっていたから。

これは、あたしの記憶であり、あの女の子はあたし自身。

小さな子供にひどい言葉を浴びせた男は、あたしが幼いころに死んだ父親だ。

父は若くして不治の病を患《わずら》い、病気の苦しみから精神が退行していった。

これはおそらく、記憶を失った父に最初に対面した時のものだ。

この後、父の容態は一進一退を繰り返し、体調の良い時はあたしを思い出すこともあった。

しかし、それはそれで地獄だ。

また怒鳴られるかもしれないと怯えながら入った病室で、優しい瞳が迎えてくれた時は嬉しくて大泣きした。別れ際に「もう忘れないでね」と約束して帰るけれど、次の面会ではあたしの存在は否定される。

その繰り返しの中で、父が正気でいられる時間は徐々《じょじょ》に減っていった。母は父と幼なじみだったため、母が忘れられることはなかったが、最期のころは、あたしは完全に他人《よそ》の子として扱われた。

結局、父は一度も退院することなく、精神退行をはじめて一年後、息を引き取った。

知らない子を見るような父の無機質な目は、今でもあたしの心を冷たく凍りつかせる。

だから極力、父のことは思い出さないようにしていた。

それなのに、今さら夢に見るなど、なんの拷問なのか。

夢だとわかっていても、存在そのものを否定され、傷つけられた痛みは記憶から消えない。

あたしは父が大好きだった。父は優しい人だった。

本当は子供にこんなひどいことを言う人ではないのだ。

病気になる前は、母に叱られたあたしの避難場所だった。悪戯《いたずら》をして母に叱られたあたしは、決まって父のもとに逃げ込んだ。父は困った顔をしながら、そんなあたしを匿《かくま》ってくれた。

娘に甘い父に、呆れ顔の母。

それが、あたしの短いけれど幸せだった家族三人の思い出だ。

なぜ、こんなことを思い出すのか。

もう取り戻せない穏やかな記憶は、喪失を思い知らせるだけだというのに。

伸ばした手を握り返してくれる人はいない。

もう二度と、優しく名前を呼ばれることはないのだ。

『環』

ふいに名前を呼ばれたかと思えば、手に何か温かいものが触れた。

それはあたしが知り得る中で、一番優しい温度。

その温もりに驚いて顔を上げると、同じくらい優しい双眸《そうぼう》が見えた。

いつの間にかあたしは、幼いあたしと同じ目線で父を見上げている。

『環、泣かないで』

父の手が伸びてきて頭を撫《な》でた。その優しさに涙がこぼれる。

父の慌てる気配がしたが、涙を止めることはできなかった。

思い出してくれたのだという喜びが強くて、父を困らせているのがわかっていても泣きじゃくる。

なだめるように、父は何度も撫でてくれた。

どのくらいそうしていたのだろう。

泣き疲れたあたしは、いつの間にかベッドに寝かされていた。

父が運んでくれたのだろうか。

頭を撫でていた手が離れていくのに気付いて、あたしは慌てて袖を掴《つか》んだ。

離れたくなかった。もっとそばにいて欲しかった。

せっかく思い出してくれたのに。行かないで、お父さん。

そんなあたしを父はどう思ったのだろう。

溜息《ためいき》と共にもう片方の手が額に触れた。前髪をかき分け、髪を梳《す》くように頭を撫でる手の平の感覚が気持ちいい。

なんだか眠たくなってきた。

夢の中で眠たいなんておかしな話だが、仕方がない。

あたしはゆるゆると目を閉じる。

再び、父が優しく名を呼ぶ声が聞こえた気がしたが、返事をするには眠すぎた。

うつらうつらとする意識の中、ぼんやりと「……ゴメンな」と囁《ささや》く声が聞こえた気がする。

何に対しての謝罪なのか、理解できないままあたしの意識は闇に吸い込まれていった。

◇
◆
◇

瞼《まぶた》の裏に光を感じ、あたしは覚醒《かくせい》した。

朝かな、と身を起こすと、すぐ隣で声がする。

「ああ、起きたかい。おはよう」

「おはようございます……」

馴じみのない声だが、柔らかいハスキーボイスは耳に心地よい。

聖さんではない声に、誰だろうと一瞬疑問に思うが、すぐに寝る前の出来事を思い出した。

あたしは慌てて上体を起こす。

「え。なんで、真田さんがここに？」

教室に送り出したはずの彼女がベッドサイドにいることに混乱する。

「ああ、昼休みだから、ちょっと様子を見にね。あ、円は月下騎士会の仕事の都合で来れなくて」

「いえ、別に紅原様に来てほしかったわけでは……って、昼休み!?」

あたしはそんなに寝てたのか。

「そういえば、養護の先生は？」

午前中ずっと、いなかったとは考えられない。真田さんに聞くと、ついさっきまでいたけど会議で出ていったと教えてくれた。

「体調はどう？　気持ち悪いとか、ない？」

そういえば、なんだか頭がスッキリしていることに気が付いた。そう答えると、彼女は笑った。

寝る前の気分の悪さが嘘のように身体が軽い。

「それは、良かった。実は養護の先生が、君が起きないからって勝手に点滴とかしたらしくて」

この学校の養護教諭は医師免許を持っているので、医療行為が可能だ。

どうやら、この身体の軽さはそのお陰らしい。

意味もなくベッドの上で身体を動かしてみる。最近悩ましかった肩こりすらなくなっているようで、最高の体調と言えた。

「アレルギーとかが出るたぐいのものじゃないとはいえ、無断で点滴ってのはどうもね」

「問題ないです。身体が軽いですし！　でも養護の先生には、前に寝込んだ時も看《み》てもらったはずなんですけどね。なんでこの薬を使ってくれなかったんでしょう？」

「ああ、人が違ったんじゃない？　この学園って養護教諭が二人いるし」

初耳だが、もともと保健室という空間が嫌いで、なるべく関わらないようにしていたから知らなくて当然かもしれない。

「ところでさ、気になってたんだけど、その敬語やめない？」

「でも親衛隊の方にそんな……」

戸惑《とまど》うあたしに、真田さんは茶目っ気たっぷりに片目を瞑《つぶ》る。

「君さえ良ければ、希って呼び捨てにしてもらって構わないんだけど」

私も環と呼びたいし、と言う彼女の笑顔が魅惑的で頷《うなず》きかけるが、直前で我に返る。

どれだけいい人だろうと、彼女が吸血鬼の花嫁であることに変わりはない。

「いえ、申し訳ありませんが。名前はあまり呼ばれ慣れてないので、やはり苗字で」

「そうか。いや、無理強いするつもりはないんだ。じゃあ、私は多岐さんと呼ばせてもらうよ」

少し残念そうではあるが、真田さんはあっさりと引いてくれた。

最近人の話を聞かない連中ばかり相手にしてきたあたしは、その反応に思いがけず感動した。

「あれ、どうかした？　なんだか涙目になっているけど？」

「いえ、なんでもありま、……なんでもないよ。真田さん」

名前呼びを断った罪悪感で、せめてと思い敬語をやめる。

真田さんは嬉しそうに笑った。

その顔にあたしは思わず身悶《みもだ》える。

なんだろう、この人。可愛いな。キュンキュンする。

外見は完全に王子様キャラなのに、可愛いとか、反則すぎる！

いけない扉を開きそうになっていたら、時計を見上げた真田さんが声を上げた。

「あ、もうこんな時間。そろそろ帰るかな。多岐さんはどうする？」

養護教諭は、体調が良さそうなら授業に戻っても構わないと言っていたらしい。あたしは、即答で教室への帰還を選択した。

これ以上、授業を欠席する訳にはいかない。

ベッドから下り、枕元にあったリボンタイをつけて立ち上がる。

「あ、でも養護の先生に挨拶《あいさつ》は……」

「どうせ昼休み中には戻らないよ。後で私が伝えておくから大丈夫」

あたしは真田さんに甘えることにした。

さらに少し考えて、あたしはもう一つお願いをした。

「……あの、真田さん。紅原様にもお礼を言っておいてもらっていい？」

保健室に連れてこられた時は、体調も悪く、自分を忘れられていた衝撃で、きちんとお礼を言えてなかったのだ。

直接言ったほうがいいのはわかっているが、今後紅原に会う予定はない。一番彼に会う機会が多そうな真田さんに頼んだのだが、彼女は少し考えた後、首を横に振った。

「それは引き受けてあげない。自分で言いなよ」

「でも……次にいつ会うかわからないし」

「会いにくればいいよ」

「それは……」

死亡フラグが立ちそうだから遭遇したくないということもあるが、何より怖いのだ。

再びあたしのことなんか知らないと冷めた目を向けられたらと思うと、とても会いに行こうとは思えない。

「ねえ、多岐さん。円から逃げないでやってよ」

「別に、逃げているわけでは……」

「確かにあんな風に忘れられたら気分が悪いのはわかる。でもどうか、円をもう一度だけ、信じてあげてほしいんだ」

熱心に紅原を弁護する真田さんの様子に、今朝の紅原とのツーショットが思い出され、なぜか心がモヤモヤした。

「……なんで真田さんが、紅原様のことでそんなに必死になるんですか？」

「それは……」

言葉を詰まらせた真田さんの表情が陰る。

一体何が彼女をそんな顔にさせたのか、全くわからなかった。

あたしの記憶の中のゲーム設定資料には、ライバルキャラクターの深い過去までは記載されていない。

彼女が悲しそうになった理由は想像できなかった。

気まずい空気のまま、どうしようかと思っていると、タイミングよく予鈴が鳴る。

「そろそろ、行こうか」

提案してくれた真田さんに頷《うなず》いて、あたしたちは保健室を出た。

イベント3　学生の本分

や、やばい。

紅原との衝撃的《ショッキング》な再会を果たした日から数日後の昼休み。

あたしは教室の自席で絶望に打ちひしがれていた。

これまでいろんな危機に直面し、なんとか生還してきたあたしだが、この事態を前に打開策がまるで思い浮かばない。目の前が真っ暗になりそうな現実を前に打ち震えるあたしの横で、聖さんが痛ましそうに声をかけてきた。

「環ちゃん、そんなに落ち込まないで。大丈夫だよ。こんなの大したことじゃ……ひっ」

なんの根拠もないことを言ってくる聖さんを睨《にら》むと、彼女は短い悲鳴を上げて真っ青になる。

怯えたように顔をひきつらせ、聖さんが胸の前で手を振った。

「ご、ごめん！　環ちゃんにはすっごく重要なことだよね」

「なんの話してんの、二人共」

そこへ波留間が話しかけてきた。

いじめられっ子のあたしと目立ちすぎる聖さんというクラスメイトに遠巻きにされることが多いあたしたちにも、彼は気軽に話しかけてくる。

「あれ？　それってさっきの数学の小テスト……うっわー、ギリギリの点数だね」

断りもなくあたしの手元を覗《のぞ》き込み、顔を顰《しか》める波留間に聖さんが眉を吊り上げた。

「こら、波留間！　勝手に人のテスト見るとか失礼じゃない」

聖さんの説教に、波留間はこたえた様子もない。

「まあまあ、見えちゃったものは仕方ないじゃん。それより、多岐さん。もう少し頑張んないと、立場やばくない？」

言われずともわかっている。

あたしは成績優秀者として推薦されて裏戸学園に入学した奨学生だ。

その割に成績がよくないので、かなり肩身の狭い思いをしている。

せめて平均よりは上まわるようにどの教科にも力を入れてきた。それなのに、定期試験ではないとはいえ、先ほど返ってきた数学の小テストには、未だかつてない数字が記されている。

「やばくないよ！　平均よりはだいぶ低いけど、赤点はぎりぎり回避できてるし！」

大声で、周囲に人の成績を吹聴《ふいちょう》するヒロインに、あたしの気分はさらに落ち込んでいく。

「そもそも環ちゃん、体調不良で授業に出られなかったんだから仕方ないでしょ？」

聖さんの擁護に、波留間は肩を竦《すく》めた。

「そんな言い訳通じるかな？　体調管理も自己責任って言われるのが落ちじゃない」

それに同じくらい休んでた利音はほぼ満点だったんだろ、と突っ込まれ、彼女は気まずげに視線を泳がせる。その様子に堪《た》えられなくなって、あたしは無言で立ち上がった。

「環ちゃん、どこへ行くの？」

突然鞄《かばん》に物を詰め込みはじめたあたしに聖さんが慌てて話しかけてくるが、それに「職員室」とだけ答えて教室を出た。

あたしは、小テストで間違えた問題の解説をしてもらいに職員室へ向かう。しかし、残念なことに担当教員は不在だった。学内にはいるらしく、別の先生から担当教員がいそうな場所を聞いてはみたが、探しに行くべきだろうか。

とりあえず、教務課棟から本校舎に戻る渡り廊下に出た。今はまだ昼休みがはじまったばかり。教務課棟に用事があった生徒はあたしだけだったようで、そこには誰の姿もない。

渡り廊下を歩きながら、一度教室に戻るか否《いな》かを考えた。聖さんと波留間はまだ教室にいるだろうし、このまま戻ってもどうせ二人に絡まれるだけか。

あたしは担当教員を探すべく、校舎に入る直前に踵《きびす》を返す。

その時、背後でガチャンっと物が割れるような音がした。振り返ると、足元で小さな植木鉢が粉々に砕けている。

「え？　何これ……」

あぶな……。あのまま校舎に向かっていたら、当たっていたよ。

校舎を見上げるが、どこから落ちてきたのか見当すらつかない。

故意なのか偶然なのかわからないが、いよいよ死亡フラグが間近に迫ってきている気がして冷や汗が出た時——

「環ちゃん、大丈夫？」

唐突にかけられた声に、あたしは反射的に走り出した。

背後から焦った声が追いかけてきたが、無視して全力疾走する。

あたしは決して足が速いほうではないから、最初に引き離しておかないと逃げ切れない。

声の主をまくために、学内を走り回った。

「っあ」

やがて、逃げ込んだ特別教室棟の廊下で、あたしは足をもつれさせる。

なんとか転ばずにすんだが、持っていた鞄《かばん》を落として、中身をぶちまけてしまった。

ああ、ついていない。

幸い、声の主はまけたようだし、あたしは転がった筆箱などを拾い上げ、鞄に入れていく。

一通り拾い終えてから、あたしは先ほど声をかけてきた相手について考えた。

さっきあたしに声をかけてきたのは翔瑠だ。

保健室への付き添いを断った一件以降、彼はなぜかあたしの周りによく現れるようになった。

もちろん普段は露骨に追いかけられたりするわけではないが、学年の違う彼とはめったにすれ違うことなどないはずなのに、よく廊下で出会ったりしている。

黄土兄弟と関わりたくないあたしはその都度《つど》、逃げ回っているのだが、周りからはそう見えないようで、最近、女子からの嫌がらせが増えている。あまり楽しい状況とはいえなかった。

もしかして、先ほどの植木鉢の原因はそれだろうか。

面倒なことになっている自覚はあるが、どうしようもない。

嫌がらせの理由が嫉妬《しっと》なら、翔瑠の相手をすればさらに激しくなるだろうし、それでなくとも翔瑠の相手などしたくない。

今は勉強に集中したい時期だけに、迷惑なことこの上なかった。

こんな調子で、今度の期末考査は乗りきれるのだろうか、と憂鬱《ゆううつ》になっていた時だった。

「……そこにいるのは多岐か？」

驚いて振り返ると、廊下の先に桃李《とうり》の姿がある。

「っ、桃李先生。なんでここに？」

「それは、こちらのセリフだが……」

お互い予期しない出会いだったのだろう。

桃李は気まずそうにしているが、あたしの視線は桃李の手に向かった。

それは折りたたまれたプリントだ。なんかあれって見たことがあるような……

嫌な心当たりに鞄を漁《あさ》るが、中から数学の小テストが消えている。

「桃李先生、その手に持っているものって……」

「ああ、これはそこの廊下に落ちていたんだが、多岐のか？」

「……そのようです、すみません」

あたしはギクシャクしながら、桃李の差し出すそれを受け取った。

うう、中身見られてないよね。折りたたんでたし。

桃李は若いが、月下騎士会顧問として、学内で強い発言権を持っている。

そんな相手にこんな点数を見られて、奨学生としての資質を疑われたら、一巻の終わりだ。

「拾ってくださってありがとうございます。あたしはこれで……」

そそくさとお礼を言って立ち去ろうとしたあたしに、桃李が声をかけてくる。

「多岐は数学が苦手なのか？」

あたしが質問に答えるのを待たず、桃李はバツが悪そうに視線を逸《そ》らした。

「すまん。少し中身が見えた」

あたしの脳裏に大きく「奨学金打ち切り」と「退学」の文字が踊る。

「あ、あの、これはたまたま調子が悪くて……その、定期考査では挽回《ばんかい》してみせますから！」

そして間違った問題について質問するために先生を探していると言えば、何やら桃李が考え込んだ。

「それなら私が、教えようか？」

思わぬ桃李の申し出に、あたしは一瞬考えた後で、一歩身を引く。

「……いえ、担当外ですし」

「担当外といっても同じ数学教師だ」

「で、でも、お忙しいでしょうから」

「別に、次のコマに授業はないから時間は気にするな」

それにわからない所はすぐに解決しておかないと、二週間後には期末だぞ、と諭《さと》された。ぐうの音《ね》も出ない。

うう、確かにそうだけど。……それにしても、なんかやたら引き止めるな。

春先に廊下に墨汁《ぼくじゅう》を撒き散らした容疑をかけられて以来、あたしは桃李を無視したり、ひどい態度を取ったりしてた。

桃李にとってはあまり印象が良くない生徒だと思うが、なぜあたしに親切にしてくれるのか。

何か裏がありそうで怖いため断ったのだが、正直、魅力的なお誘いに気持ちは揺らぎまくっている。

意固地になっている場合ではないほど、現状は危機的である。

ゲームイベントに巻きこまれて命を落とすより、退学になるほうが早いのではないかと思うくらいなのだ。

ならば、清水の舞台から飛び下りるつもりで桃李を頼ろうかと考えた時だった。

「――っ、お前っ！」

取り乱したような声が桃李の背後から聞こえた。桃季が振り返り、声の主に話しかける。

「ん、蒼矢か。珍しいな。どうした、こんな所で」

「え？　あ、上の資料室に資料を取りに行け、と絆に言われまして……」

「会長自ら、副会長に使われてるのか。珍しいな、外ではお前を立ててるあいつが」

「なんか、最近やたら仕事を前倒しでやろうとするんで参ってます。……て、俺のことはどうでもいいです！　それより、桃李先生、その女子生徒は……」

「ん？　ああ、この娘《こ》がどうかし……っ！」

突然背中に体当たりしたあたしに桃李が驚くのがわかったが、あたしはそれどころではない。

会長の姿を見た途端、全身が震えはじめたのだ。

こ、……怖《こわ》ぁぁぁぁあああい！

誘拐事件の時、圧倒的な力で周りを全て無に還《かえ》そうとした彼。そこで感じた本能的な恐れは、記憶に刻み付けられてしまったようだ。意思に反して震える身体を抑えられない。

彼に食らいつかれた首筋の痛みが蘇《よみがえ》り、治っているはずの傷が熱を帯《お》びてズクズクと疼《うず》く。

「っ、どうしたんだ、一体？」

桃李の困惑した声が聞こえるが、答えられない。ともかく会長から隠れたい一心で、あたしは桃李の背中にしがみついた。

「桃李先生。彼女は……」

「……知り合いなのか？」

「いえ、ちょっと知り合いに似ている気がして」

会長が覗《のぞ》き込もうとしてくるので、あたしは桃李を盾に移動する。

それに気付いた会長が小さく舌打ちした。

「なぜ顔を見せない？　何かやましいことでもあるのか？」

しつこく追ってくる会長にさらにおののいていると、桃李が「やめろ」と制してくれた。

「何をやってるんだ。月下騎士会の会長が一般生徒を怯えさせるなど」

「すみません。でも……なぜこの生徒はここにいるんです？　ここは一般生徒の立ち入りを禁止している区域でしょう」

え、そうなの？　会長の言葉にあたしは周囲を見回す。

裏戸学園には身分制度が存在し、一部の場所に、身分による立ち入り制限がある。

たとえば、学園内の食堂には階級に応じた席があって、下位の学生は上位の学生専用のコーナーには入れない。

それは校舎内にもあり、確かに特別教室棟の一部は一般生徒の立ち入り禁止区域になっていた。

「どうやって入り込んだんだ？　禁止区域入口の看板を見ていないなどとは言わせないぞ」

会長はそう言うが、看板など見た覚えはない。

「でも、そんな看板はどこにも……」

「それを含めて、話が聞きたい。一緒に来てもらおうか」

あきらかにそれだけでは終わりそうにないことが予想される言葉に、あたしは必死で抵抗した。

姿を見るだけで怖いのに、連れて行かれるなんて失神しかねない。

子供のように桃李にしがみつくあたしに苛立《いらだ》った会長は、桃李に訴える。

「桃李先生、その生徒をこちらへ。月下騎士会顧問がよもや違反者を見逃しませんよね？」

会長の言葉に、あたしは今しがみついているこの背中が味方ではないことを思い出した。桃李もまた聖さんの攻略対象の一人で、吸血鬼だ。

このままではまずいと思って、あたしは桃李の背から手を離す。

そのまま逃げようとするが、その前に桃李の手があたしの手首を捕らえた。

逃げることを許さない桃李に、やはり攻略対象ってモブに優しくない、と涙目になりかけた。だけどその時、あたしの耳に予想外の言葉が聞こえる。

「渡すつもりはない」

会長は拒まれるとは思っていなかったようで、びっくりしている。

「まさか桃李先生、本気で違反者を見逃す気ですか？」

「そんなつもりはない。そもそも渡す理由がないだけだ」

「渡す理由など、規則違反で十分じゃないですか」

「規則違反自体が誤解だ」

桃李が説明することには、この区画の先には桃李の部屋があり、そこで仕事を手伝ってもらうために自らあたしを呼んだのだという。

あたしも初耳のその理由に、会長が納得するわけがなかった。

「ちょっと待ってください。それはおかしい。先生が女子生徒に仕事を頼むなんて。しかも、あの部屋に生徒を入れたことは今までなかったじゃないですか」

しかし、会長の指摘にも桃李は大人の余裕なのか、全く動揺を見せない。

「今までなかっただけで、絶対にないということにはならないだろう。それより、もうすぐ昼休みが終わるが、いいのか？」

「いきなり何を……」

「その資料、昼休み中に副会長に届けないとまずいんじゃないか？」

桃李の指摘に、会長は気まずげに「それは……」と言葉を詰まらせた。

会長は少しの間、迷っていたようだが、やがて諦めたような溜息《ためいき》が聞こえた。

「……わかりました。戻ります」

「ああ、私も放課後に顔を出す。副会長に伝えてくれ」

桃李の声を最後に、会長の気配が遠ざかっていく。

こっそり桃李の背中から会長を見送り、完全に廊下の奥に消えたのを確認して、あたしはようやく緊張を解いた。

心臓が早鐘のように鳴っている。全身びっしょりと汗をかいていた。

まさか、あの時の後遺症がこんな形で出るなんて、自分でも驚きだ。

先日、図書館で会長とすれ違った時は、すぐ逃げてしまったからなんとも思わなかった。でも、姿を見るだけで震えるとか、かなり重症だといわざるを得ない。

「大丈夫か？」

冷たくなった指先を握っていたら、桃李が気遣わしげに問いかけて来たので、あたしは慌てて頷《うなず》いた。

「あ、はい。大丈夫です」

「……蒼矢と何かあったのか？」

聞かれても打ち明けられることではなく、「それは……」とうつむくしかない。

「あ、いや。……すまない。あまり生徒の事情に教師が口を出すものではないな」

どこか寂しそうな笑みを浮かべる桃李に、助けてもらったこともあり、後ろめたさを感じる。

「……あの、庇《かば》ってくださって、ありがとうございました」

せめてお礼だけでも言っておきたい。しかし、桃李になんのことだと笑われた。

「え？　あのさっき庇って……」

「さあ、俺は本当のことしか話していないつもりだが？」

「え？　規則違反を見逃してくれるんですか？」

こちらとしては助かるが、それだと桃李がまずいんじゃ……

そう聞くと、「人聞きの悪いことを言わないように」と指導される。

「だがそうだな、これは喩《たと》え話だが、規則破りを見逃した事実が他の生徒に知られることのほうが、教師としてダメージが大きいな」

だから黙っていてくれると助かる、という桃李の声が聞こえた。

「……そうですね。そういうことならば」

「ああ、これは多岐と先生の秘密だな」

人差し指を唇に当てて悪戯《いたずら》っぽく微笑む桃李の大人の色気に、あたしは思わず顔が熱くなる。

うう、誰かれかまわず振りまかれる色気って害悪だな。

ドキドキしていたら、桃李が「そろそろ行くか」と手招きした。

「え？　どこに……？」

「私の執務室に行くといっただろう？」

「え？　それって蒼矢会長を追い払うための嘘じゃ……」

「そうしないためにも来なさい。中で小テストの質問にも答えよう」

とても魅力的なお誘いに心が惹《ひ》かれるが、時間切れだ。

「でも、もう教室に帰らないと次の授業に間に合いません」

「それなら大丈夫だ。多岐のクラスは確か自習だったはずだぞ。それに今帰れば蒼矢が待ち伏せしている可能性が高いが、いいのか？」

桃李の不吉な予想に、教室に向かおうとしていたあたしの足が止まる。

待ち伏せなんて、そんな、と思う。会長があたしに対してそこまでするとは思えないが、会長と付き合いの深い桃李の意見を無視するのは怖い。

「じゃ、じゃあ、どうすればいいっていうんですか？」

「だから、次の時間は私にテストの解説を受けて、その後に帰ればいい」

いくらあいつでも授業をサボってまで待ちぶせたりしないだろう、と優しく手が差し出される。

「なんで、桃李先生はあたしにそこまでしてくれるんですか」

「おかしなことを言う。そこまでも何も、生徒の面倒を見るのは教師として当然で……」

「もしかして、四月の件を気にされてますか？」

そう言った瞬間、桃李の肩がぴくりと動き、その推測が正しいとわかる。

「桃李先生はずっと覚えててくれたんですね」

「当たり前だろう。私は君に取り返しのつかないことをした」

悔やむようにうつむく桃李の姿を、あたしは意地が悪いことに少しだけ嬉しく思った。

あの冤罪《えんざい》事件の時、桃李はあたしの言い分を聞こうとしなかった。それがあたしの存在の軽さの証明のようで、悲しかったのだ。

だが、今は違うとわかれば、それで十分な気がする。

「でも、疑いは晴れてますし。あの時も言いましたけど、あたしにも非はあったわけですから」

「っ、そんなわけはないだろう！」

突然、大声を出した桃李にびっくりして見上げると、彼はバツが悪そうな顔をした。

「すまない。ただ、少し、話を聞いてほしい」

そうして桃李は、彼が教師を志《こころざ》した動機について語りはじめた。

桃李には尊敬する祖父がいて、その人は教師をしているのだという。桃李はお祖父さんに憧れて教師になったそうだ。尊敬する祖父に、教師ならば、何があっても生徒を信じなさいと教わったらしい。

桃李が突然そんなことを話しはじめた理由はわからないが、その内容には妙に納得してしまった。

「私は祖父の言うことは絶対だと信じて特に疑問に思うことなく、ただそれを守って行動してきた。だが、その結果があの事件だ」

苦しげに顔を歪《ゆが》める桃李に、かける言葉が見つからない。

桃李はあの日からずっと、お祖父さんの言葉の意味を考えていたのだという。

「先ほど蒼矢から責められた時、多岐は私からも逃げようとした。あの時ようやくわかった」

桃李は自嘲《じちょう》するように口を歪《ゆが》めながら、教師を教師たらしめるのは生徒の信頼なのだと語る。

「祖父はきっと相手からの信頼を得るためには、相手を信じろと言いたかったんだ。なのに、あの件で私は多岐を疑い、信頼を失った」

教師失格だ、と落ち込む桃李に、あたしは狼狽《うろた》えた。

「え、いや……そこまで言わなくても」

「いや、そういうことなんだ。だから、もう一度私に多岐の信頼を取り戻す機会をくれないか？」

今回のことを恩に感じる必要はないし、すぐに信じてくれなんて言わないから、という懇願に、あたしは内心冷や汗が止まらなかった。

……重い、重たすぎる。

あたしにとってあの件はすでに過去のことだ。事件直後は、少しは悩んで苦しめと桃李を呪ったこともあったが、だからといってここまで思いつめてほしいとは思ってなかった。

「あの、桃李先生、顔を上げてください。先生の思いはわかりました。ですが、先ほど会長から庇《かば》っていただいたことで十分ですから」

「あれでは不十分だから、君は私から離れようとしたのだろう？」

それを言われると辛《つら》いです。

「……やはり、もう遅いのだろうか」

頭《こうべ》を垂れたままがっくりと肩を落とす桃李の姿は、美しい容姿のせいもあって悲壮感が半端ではなく、あたしの罪悪感を大いに刺激する。

ううう、こういう時も美形って得だ、とか思いつつ、もうここまできたらどう断っても桃李を傷つけるだけだろうということはわかって、あたしは嘆息した。


桃李に案内されたのは、特別教室棟の最上階の部屋だった。

招き入れられたその部屋は、通常の教室の三分の二くらいの広さで、手前にダイニングセット、中央に背の高い書棚が置かれ、背板のないその書棚から奥にある家具とブラインドのかかった窓が見える。書棚には教科書や資料が詰まっているが、観葉植物なども置かれ、とても学内の施設とは思えない私的な空間だった。

しかも、なんだか見覚えがある。

「あ、イベントのあった部屋」

「イベント……何かあるのか？」

思わず呟《つぶや》いてしまい、耳ざとい桃李に聞き返されて、慌てた。

「いえ、何も。それより桃李先生。時間もないですし、はじめましょう」

「ああ、そうだな。すぐ準備をするから、そこに座ってくれ」

桃李が示したのはダイニングセットだった。アンティークなのか角などは擦れていて、飴色《あめいろ》の光沢が独特の雰囲気を醸《かも》しだしている。

その一席に座って、勉強の準備をするふりをしながら室内を観察した。

見るもの全てに既視感を覚えるそこは、間違いなく桃李のイベントに出てくる場所だ。

ヒロインが桃李に勉強を教わりに行く部屋なのだが、今まてっきり彼の寮の部屋だと思っていた。まさか学内にあったとは。

ここで起こるイベントを思い出すと、今のあたしと同じように桃李に勉強を教わる聖さんの姿が浮かぶ。

といっても、雰囲気はぜんぜん違う。

ここに彼女が来る時はすでに個別ルートに入っているので、雰囲気はベタベタに甘い。

教師と学生という誰にも知られてはいけないドキドキの関係の二人は、誰にも邪魔されないこの部屋で、恋人同士のようなふれあいイベントを展開する。

そんな部屋が学内にあるとわかった今、何、校内でイチャイチャしてんの、と突っ込みたい。

テーブルの横にある資料棚で隠されているが、確かこの奥には桃李が仮眠に使っているソファがあるはずだ。桃李に会いに来た聖さんが寝ている彼を見つけて起こそうとすると、寝ぼけた彼に押し倒されるイベントもあったな。

そう思うと、なんだかドキドキしてきた。

今座っている椅子《いす》だって、確かドラマＣＤのおまけ番外編で、月下騎士達がトランプに興じていた場じゃなかっただろうか。そこに座っていると思うと、ゲームファンとしての血が騒ぐというか、妙にそわそわしてしまう。

なんとなく野次馬根性で奥も覗《のぞ》いてみたくなるが、何が起こるかわかんないし、やめておこう。

甘いイベントどころじゃない、見てはいけない物を見るとか、死亡フラグが立ちかねない。ゲームイベントに関わると碌《ろく》なことが起きないと自制した。

「何か珍しい物でもあるか？」

間近で聞こえた桃李の声にハッとする。

いつの間にかプリントを抱《かか》えた桃李が隣にいた。

てっきり向かいに座ると思っていたから驚いたが、桃李は気にした様子もない。

「まあ、こんな部屋が学内にあるというだけでも珍しいか」

桃李が言うには、この部屋を改造したのは前任の月下騎士会顧問らしい。その人が勝手に顧問室と称して、空き教室を改造したとのこと。

そんな勝手が許されるのかと思ったが、それくらい月下騎士会顧問の力は強いということだろう。

「本来、一教師が校内にこんな部屋を持つ必要はないのだが、意外に便利で手放せなくてな」

ゲーム内での桃李の部屋の使い方だけを見れば、女子生徒といちゃつくための部屋を持つとはいかがなものかと思う。しかし現実に即して考えれば、確かに、桃李は職員室でも教室でも何かと人に囲まれている。集中して仕事をしたい時、一人になれる空間は必要だろう。

「桃李先生の場合、仕方ないのでは……？」

「そう言ってくれると助かる。多岐、ここのことも内密に頼むな？」

またも色気たっぷりに唇に人差し指を立てられ、コクコクと頷《うなず》く。すると桃李は、おかしそうに笑った。

ああ、美少女の微笑みは癒《いや》しだけど、イケメンの笑顔は心臓に悪いな。

それにしても本当に意外だ。

ゲームの桃李って表情の変化が乏《とぼ》しいキャラクターなのだ。

立ち絵でもかなり好感度が高い時でないと笑顔を見せないのに、こんなにしょっちゅう笑うなんて。

やっぱりちょこちょこゲームとの違いがあるな。どういう差なんだろう。

「さて、それじゃあ、そろそろはじめようか」

テストを見せてくれないか、と言われて、一瞬書かれた点数に躊躇《ためら》ったが差し出す。

桃李はそれを受け取ると、問題を見ながら、ノートに公式のようなものを書き出した。

さすがは教師、その筆に迷いはない。けれどふいに、その筆が止まる。

「……なぜ後半の解答が埋まっていない？」

桃李が示した答案の箇所を見ると、確かに前半に比べて後半に白い部分が目立っていた。

「それは時間が足りなくて……」

「もう少し時間配分を考えるべきだな。一つの問題を五分考えて解けなければ次に行くことだ」

「え、でも問題は前からちゃんと解くものじゃないんですか？」

思わぬ指摘にあたしが質問すれば、桃李は筆を止めないまま答える。

「それは理想論だな。テストの中盤に難しい問題を入れる教師もいるから」

この問題なんかそうだ、と小テストの中程をペンで指し示された。

確かにその問題は難しくて時間をかけた割に結局、解けなかった。

「これ、理系の大学入試レベルの問題だぞ。それを文系クラスのテストに入れるとは……」

「え？　なんでそんな問題を……。テスト範囲ですらないじゃないですか！」

思わず憤慨《ふんがい》するあたしに、桃李は苦笑いだ。

「その辺は……まあ、教師にもいろいろあるんだ。それより全部解けたから、解説するぞ」

え、早っ！　さすがは数学教師、と思いながらあたしもノートとペンを構える。

それからは桃李の解説を聞き、自分で解いてみて、わからないところを質問するということを繰り返した。同じ場所で何度も躓《つまず》くあたしに桃李は根気よく付き合ってくれて、なんとか全問を解き終えたころには、すでに午後の授業一つ分が終わろうとする時間だった。

忙しい桃李の時間をたくさん使わせてしまったことに、あたしは恐縮した。

「あの、なんかすみません」

「突然どうした？」

「理解力がなくて、結局テストを解いただけで終わっちゃって」

自分の学力の低さが悔しくて落ち込むと、桃李は首を振った。

「小テストの割に範囲が広かったからな。一時間で理解できたのなら十分だろう」

「でも……すみません」

「多岐は謝ってばかりだな。あの時は頑《がん》として謝らなかったのに」

「あの時って、あの、四月の？」

「ああ、そうだ」

「でも、あの時は謝る理由がなかったから……」

「そうだな。あれは確かに、君が正しい」

桃李は自分の非を認めるが、結局彼が何を言いたいのかはわからない。

「今も同じだ。君になんら非はない。謝らなくていい」

優しく諭《さと》すように慰《なぐさ》められたが、それでもあたしの自責の念は消えない。

「でも、せっかく先生が時間を割いてくれたのに、成果がないんじゃ意味がありません」

「成果がなかったわけじゃないだろう。だが、……そうだな。多岐が私に悪いと思っているなら、謝罪ではないものが欲しいな」

謝罪ではないものって、言葉ではないものということか……？

思い当たるものはあるが、それが正しいのか聞くのは少し躊躇《ためら》われる。真意を確認したくて、恐る恐る桃李を見上げた。

「えっと、それはすぐに必要なものですか」

「別にすぐにとは言わないが……君の気持ち次第だな」

どこか落胆した様子の桃李に、ますます嫌な想像が頭を駆《か》け巡《めぐ》る。

否定しないどころか、気持ち次第とか。

まさかの罠《わな》に血の気が引いたが、すでに勉強を見てもらった後だ。

覚悟を決めて「わかりました」と答えると、桃李は嬉しそうに「そうか」と頷《うなず》いた。

気は重いが、正直に話しておくべきだ。

「ただ私、手持ちのお金はないし、用意できる当てもないので、身体でお支払いします。あ、でも、やっぱりテストが終わってからでもいいでしょうか？　さすがにテスト前は無理……」

「ちょ、ちょっと待て！　なんでたかが礼を言うだけの話が、そんな話になる？」

桃李の言葉にあたしはぽかんとしてしまった。

「お、お礼を言うだけでよかったんですか？」

てっきり、謝礼を要求されてるんだと思ってた。

だが、お金なんてないし、労働で許してもらおうと思っていたのだ。

なんたる勘違い、穴があったら入りたい失言に頰《ほお》が熱くなる。

「す、すみません。ひどい勘違いを」

まったくだ、と憤慨《ふんがい》した様子の桃李にあたしはますます身体を縮こまらせた。

「すみません。ごめんなさい」

「……もう、いい。だが気をつけなさい。よりにもよって身体で払うなど……言っていいことと悪いことがある！」

「それくらいしか、あたしができるお礼はないと思って」

「なっ、君はもう少し恥じらいというものをだな」

桃李の言葉に疑問が浮かぶ。

「……恥じらい？　あの、お仕事のお手伝いをするのって恥ずかしいことではないのでは？」

今日のお礼に、桃李の手伝いをすること自体に抵抗はない。

ただ、彼の手伝いをしたい女子は他にも大勢いるので、あたしが仕事を手伝っているのを彼女たちに見られたら、嫉妬《しっと》され、どんな嫌がらせをされるかわからない。

正直、今回の補習で救われるだろう成績のお礼だとしても気が進まず、言い出したくなかっただけで、どう考えても恥ずかしがる要素はないように思う。

「仕事の手伝い？」

「ええ、棚橋先生にもしているように、手伝いをと思ったのですが」

プリントをまとめたり、荷物を運んだり。

なぜか桃李は脱力して肩を落とした。

「棚橋先生と同じような……」

桃李は机に肘《ひじ》をつき、組んだ手の上に頭を乗せ、がっくりとうなだれる。

何やら疲れた様子で動かなくなった桃李に、あたしは恐る恐る声をかけた。

「あの、桃李先生、ごめんなさい。先生を疑いました」

桃李に対し、「お礼をしないと動いてくれない教師」と思ってしまった。

桃李はあたしに信頼してほしくて勉強を見てくれたのに、あたしは彼の誠意を疑った。

「良くしてもらったのに、疑ってしまって本当にごめんなさい」

しょんぼりうつむくと、頭に温かい何かが置かれた。

「まったく、君は本当に謝ってばかりだな」

それが、桃李の手だと気付いたあたしは顔をあげられない。

「気にするな。別に怒っているわけじゃない」

おずおずと顔を上げてうかがい見た桃李の目は本当に怒っておらず、やがて頭に置かれた手はそっと離れていった。

「言っただろう。すぐに信じてほしいとは思ってない」

「それは、そうかもしれませんが……」

桃李は、あたしへかなり強い罪悪感を持っているようだった。あたしは、彼の罪悪感が少しでも薄れるように、今この場だけでも桃李の求める生徒になろうと考えていたのに。

それは桃李のためだけではない。彼の罪悪感が薄れなければ、今後も信頼を回復しようとあたしに関わってくるかもしれない。それを回避したいという打算あってのことだ。自己中心的な上に何もできない自分を情けなく思っていたら、桃李が再び頭を撫《な》でてきた。

その優しい手に、本当にどうしてこの人を信じることができないのか、と悲しくなる。だが、それを口にするわけにもいかず、沈黙するあたしに、桃李も何も言わなかった。

やがて遠く鐘の音が聞こえる。

「時間だな。急がないと次の授業に間に合わない。もう行きなさい」

時計を見ながら桃李が立ち上がる。確かに、そろそろ出ないと次の授業に間に合わない。

あたしは慌てて、筆記具をまとめて立ち上がった。そのまま桃李にお礼を言い、部屋を出る。

テストを乗り越えた暁《あかつき》には本当に何か言葉だけではないお礼をしなければ、と考えながら、あたしはその場を後にした。

◇◆◇

放課後、蒼矢が月下騎士会の執務室に顔を出すと、室内には珍しい組み合わせの二人がいた。組み合わせと言っても、一緒にいるわけではなく、緑水は机で書類をまとめており、統瑠は一人で応接ソファに寝転がりながら、書類を読んでいる。統瑠の姿はだらしないことこの上ないが、仕事をしているためか、緑水も特に注意するつもりはないらしい。

緑水は蒼矢が来たことに気付いて、書類から顔をあげた。

「……これはこれは、透。重役出勤ですか？」

嫌味たっぷりのセリフに蒼矢は顔を顰《しか》める。

「そんなに遅れてないだろうが。少しホームルームが長引いただけだ」

「おや、ホームルームでしたか。てっきり俺は昼休みの件で遅いのかと思っていたのですが」

緑水の言う『昼休みの件』とは、資料を探しに出た蒼矢が執務室に戻ってすぐに資料を置いて出て行った時のことだろう。その際に背後で呼び止める緑水の声を無視したため、根に持っているらしい。

「なんの用事だったんですか？　仕事を放り出してまで行かなければいけないなんて、さぞかし大事な用事だったんでしょうね」

ふふ、と嫌味を言う緑水の笑みは永久凍土《えいきゅうとうど》のようだが、長い付き合いの蒼矢にとっては特に恐れるものではなくなっている。

「別に、なんでもいいだろうが」

「よくありませんよ。昼休み中にとお願いしてた書類を放置して、何してたんですか」

何をしていたかと正直に答えるなら、桃李と一緒にいた女子生徒を待ち伏せていた。

特別教室棟から教室に帰るには本校舎の入口を必ず通る。そこで待っていれば会えるだろうと思って待ち伏せていたが、結局、昼休み終了ギリギリになってもあの女子生徒は姿を見せなかった。

そのことを思い出した蒼矢は、思わず緑水を睨《にら》んでしまう。

「なんでもいいだろう。それにあれの締め切りは週末だろうが。今からやる、構うな」

いつにない蒼矢の剣幕に、緑水が眉根を寄せた。

「……どうしたのですか。そんなに苛立《いらだ》って」

緑水の問いに蒼矢は答えず、席について山積みになっている書類をさばいていく。

その姿を部屋の応接スペースから見ていたらしい統瑠がソファの背から顔を出した。

「会長ぉ、八つ当たりカッコ悪～い」

「やかましい！」

蒼矢が睨むと、統瑠は「怒鳴らないでよ～」とソファの陰に引っ込んだ。

そんな統瑠の態度にさらに苛立ちを募《つの》らせた蒼矢だが、ふいに違和感を覚えた。

「……そういえば、お前一人か？　翔瑠はどうした」

珍しく統瑠のそばに翔瑠の姿がない。いつも一緒なので、片割れだけの光景はひどく落ち着かない。それは本人もわかっているのか、統瑠は不満そうに口をとがらせた。

「知らないよ。……翔瑠ってば、最近フラっとどこかに行っちゃうんだもん」

「行き場所も知らないのか？」

「あのねえ、会長。僕たちだってたまには別々に行動することはあるんだよ」

そうは言っているが、この状況が統瑠にとって望んだものではないことは彼の前に置かれたケーキが手付かずのままであることからわかる。統瑠に菓子を与えるとすぐに食べ尽くされてしまうため、月下騎士会では持ち込まれた菓子を隠すのが習慣になりつつある。しかし今日にかぎってケーキはそのままの状態で残っている。

いつもと異なる光景をなんとなく不快に感じながら、そういえばと蒼矢は統瑠に声をかけた。

「……お前、最近評判悪いみたいだが大丈夫なのか？」

先日の誘拐事件以降、一族内での統瑠の立場はかなり微妙になっているという噂《うわさ》があるのだ。場合によっては廃嫡《はいちゃく》の可能性もあるらしく、いかにも不穏《ふおん》で心配して聞いたのだが、統瑠は意外そうに目を丸くした。

「ええ～、会長が僕の心配とか。明日、槍《やり》でも降るんじゃない」

「お前なあ。一応こっちは心配して……」

「……透」

緑水に名前を呼ばれて顔を向ければ、冷たい視線がこちらに向いている。

いつの間にか手が止まっていたことを非難されたのだとわかって、蒼矢は舌打ちした。

「わかったって」

ソファのほうをもう一度見ると、緑水の怒りを恐れてか、統瑠はすでに頭を引っ込めている。

蒼矢は溜息《ためいき》をつき、再び書類に手を伸ばした。

しばらく仕事に集中していたが、ふと手にした書類に桃李の名前を見つけて、伝言を頼まれていたことを思い出す。

「そういえば、絆。桃李先生が放課後に顔を出すって言ってたぞ」

「一体、いつの話をしてるんですか。桃李先生ならとっくにいらして帰られましたよ」

仕事をする手を休めないまま、緑水は呆れたように言ったが、蒼矢にとっては意外な返事だった。

「もう帰ったのか？　いやに早くないか？」

「桃李先生は用事がおありになるそうで、早めにいらして、すヽべヽきヽこヽとヽはヽちゃんとなさって帰られましたよ」

緑水は『すべきことはちゃんと』の部分を強調したが、蒼矢は別のことが気になった。

桃李の行動が、まるで自分を避けてるように感じたのだ。

思えば昼休みの出来事だって、月下騎士会の執務室から急いで本校舎の前に駆《か》け戻ったのだ。蒼矢があの女子生徒を見逃したとは思えない。それなのに彼女が捕まらなかったということは、桃李が何かしたに違いなかった。

一体あの女子生徒と桃李はどういう関係なのだろう。

桃李は面倒見がよく、全ての生徒に公平に接するので、生徒に囲まれている姿はよく見る。しかし、逆に言えば特定の誰かに肩入れするタイプでもなかったはずだ。

いくらあの女子生徒が怯えていたといっても、生徒に対し常に平等に振る舞う桃李が、今回のように強行に蒼矢を遠ざけようとするとは思いもよらなかった。

だが事実、桃李は蒼矢を強引に追い払っただけでなく、蒼矢の待ちぶせを予測して女子生徒を匿《かくま》った。そうとしか考えられない。

桃李にとって彼女が特別な存在であることは間違いない気がした。

あの女子生徒の名前はなんというのだろう。後で聞けばいいと思っていたから、結局聞かずじまいだった。

思い出すと、つくづく桃李の嫌がらせじみた妨害に腹が立つ。

女子生徒も女子生徒で、蒼矢がいなくなるまでずっと桃李にしがみつき、頼りきっている様子だった。蒼矢に対してはずっと震えていたくせに。

「……透、何をしてるんですか？」

隣から聞こえた怒気をはらんだ声にはっとする。

いつの間にか手にしていた書類がぐしゃぐしゃになっており、緑水が白い目で見ている。

「もう、今日は結構です。仕事を増やされてはたまらない」

「悪い……」

「そう思うなら、これを明日の朝イチまでにお願いしますね」

微笑みを浮かべながら、書類の束を運んできた緑水の容赦のなさを恨めしく思いながら、蒼矢はそれを鞄《かばん》に詰めてそそくさと執務室を出た。

書類で重量を増した鞄を抱《かか》え、寮に向かう道の途中、何もかもうまくいかない状況に溜息《ためいき》が漏れる。

それもこれも全部、幽霊のせいだ。

先日消えた、いや自分が消してしまったかもしれない少女の幽霊。

幽霊のことを考えると、蒼矢は未だかつて感じたことのない、軋《きし》むような胸の痛みを感じる。

この痛みが後悔からくるものなのか、彼にはわからなかった。

蒼矢はそっと、上着のポケットからハンカチを取り出す。ハンカチを開くと、幽霊が残していった白い石のキーホルダーが出てきた。

あの幽霊が本当に存在したという唯一の証拠であるそれに視線を落としながら、考える。

桃李が手伝いを頼んだというあの女子生徒は幽霊によく似ていた。同一人物だとしか思えないほど似ているように思えたが、桃李の陰に隠れてはっきりとは見えなかったので確信が持てない。

ただ、同一人物ということはないだろう。誘拐事件直後に消えた幽霊が生きている人間だとは思えない。女子生徒は生きている存在だ。

それに、覚えている幽霊の瞳は、このキーホルダーの石のように透明感に溢《あふ》れ、どこか浮世離れした雰囲気を醸《かも》し出していた。蒼矢を見るなり震えだした女子生徒は容姿こそ幽霊によく似ているものの、ごく普通の少女に見えた。何より怯えきった目が違う。

あの女子生徒が蒼矢を見るなり震えはじめたことに関しては、特に不思議だとは思わなかった。

ごく稀《まれ》に、人でないものの気配に敏感な人間がいるのだ。そういった人間は蒼矢の力を無意識に感じ取って、警戒したり、恐怖したりする。

あの女子生徒の場合、多少過剰な反応ではあるが、特に過敏な性質なのだろうと思えば気にするほどでもなかった。

それよりも、幽霊と似ていることのほうが気になる。あれほど似ているのだ、全くの無関係とは思えない。

ならば、考えられるのは、幽霊の血縁、親族か。

可能性は高い、と思った。あの幽霊は、裏戸学園の制服を着ていた。

裏戸学園に在籍する生徒は、一族全員もしくは親子代々この学園に通うという者が珍しくない。

以前、在学中に亡くなった人間のリストを確認して幽霊だと思われる者がいないことはわかっていたが、制服を着ている以上、あの幽霊の血縁者が学園にいる可能性はある。

存在を確認できなくなったあの日以来、ずっと幽霊の正体を知りたかった。

記憶の中の彼女の特徴を一つ一つなぞる。

長い濡れた黒髪、青白い肌。透明な色を宿す、なんでも知っているかのような不思議な瞳。

いくら記憶をなぞったところで幽霊に会えるわけではない。

あの日から何度も見る夢がある。

暗い空間でスポットライトのような細い光を浴びた幽霊が、こちらに背を向けて歩いていくのだが、その背を追いかけたくても蒼矢はなぜか動くことができなかった。

徐々に遠ざかるその背に、せめて気付いてほしくて声をかけようとするのだが、呼びかける名前がわからない。そのせいか、どれだけ大きな声で呼びとめても、幽霊は振り返ることなく闇に消えていく。

いつもそこで目が覚める。あの光景は夢だが、現実もさして変わらない。

彼女を消してしまったかもしれないのに、蒼矢はあまりに彼女のことを知らなかった。

その消失を悼《いた》むにも懺悔《ざんげ》をするにも、名前すらわからないのではどうにもできない。だから、ずっと知りたいと思い続けていたのだ。

しかし、今、幽霊と縁故があるかもしれない人間が見つかって、蒼矢の心は想像以上に乱れていた。

あのままなんの手がかりもなく悶々《もんもん》とすごすよりよほど良いとは思うが、自分はあの女子生徒に対して何を言うつもりなのか。まるで考えていなかったことに気付く。

あなたの親族に学園で死んだ方はいませんか、とでも聞けばいいのか。

そうして、幽霊の親族が判明したとして、それで？

今さらながら、自分の浅はかさに気が付く。知りたいと思った名前とその親族の存在を知って、それでどうしようと思っていたのだろうか？

仏壇や墓に線香でも供《そな》えて祈るとでもいうのか。

それとも遺族であろうあの少女にすがって懺悔でもするのか。

あなたの身内かもしれない幽霊を自分が消してしまった、ごめんなさいとでも……？

普通に考えて、バカバカしいと思われてそれで終わり。

万が一、信じてくれたとしても、その幽霊の代わりに死ねと言われたら死ぬのか？

あるいは死んでいる人間をもう一度殺した賠償金を支払うのか？

どれも馬鹿な話だ。

蒼矢も本当は気付いている。

それでも知りたいと思うのは、蒼矢が幽霊にもう一度会いたいがためだ。

あの日、消えた彼女に謝りたかった。

蒼矢は手の中のキーホルダーを見つめる。

桃李の背に隠れて震えていた女子生徒。彼女の瞳がこの石のような色を宿せば完璧《かんぺき》なのに。

ふいに、このキーホルダーをあの女子生徒に見せてみようか、と考える。

けれど、もし彼女がこれを幽霊の遺品だと言って、返還を求めてきたらどうすればいいのか。もはや蒼矢とあの幽霊を繋ぐものはこれしかないのに。それを手放せるのか。

どちらにしても、あの女子生徒はひどく怯えていて、話すどころか近づくことすら容易ではなかった。

ただ、彼女とはいずれまた会うことになるという予感がする。

それが自分にとって良いことなのか悪いことなのか、もはや蒼矢にはわからなかった。

幽霊ではないあの女子生徒に自分は何を求めようとしているのだろう。

女子生徒と話ができれば、幽霊が何者であるのか知ることができるかもしれないが、同時にあの存在には二度と会うことはできないと思い知らされそうで怖い。

純血の吸血鬼であり、無敵とも言われた自分が恐怖を感じることなどあるとは思わなかった。

蒼矢は胸ポケットに幽霊のキーホルダーをそっと戻す。

服の上からも感じる石だけが、蒼矢を慰《なぐさ》める唯一の存在だった。

イベント4　球技大会の後で

あたし史上最高にやばい状態で迎えた期末テスト。

しかし、終わってみれば、過去にないほどの出来栄えを予感させる手応《てごた》えがあった。テストが終わった瞬間、雄叫《おたけ》びを上げたくなったほどだ。

全ては桃李の勉強会のお陰である。

実は一度きりだと思っていたあの勉強会は、あの後も続いた。

あたしのあまりに悲惨な成績が教師心に火を点《つ》けたのか、あの後、桃李のほうから勉強会継続の提案があり、その成果が出たのだ。

最初は、桃李の厚意を断ろうかと思った。しかし、桃李の小テストの解説はすばらしく、あの勉強会後再び行われた小テストの出来がよかったことで、あたしは心を決めた。期末テストまで二週間を切り切羽詰まっていたし、桃李の提案はあまりに魅力的だったのだ。

だって、桃李ってば大学生時代に家庭教師をしてたから、全科目教えられるっていうんだもん。

しかも、どの教科も、期待に違《たが》わずものすごくわかりやすかった。

どんだけ万能なんだ攻略対象、って叫びたかったよ。叫ばないけど。

そんなわけで、テスト前に詰め込めるだけ詰め込もうと、かなり無理な日程ではあったが桃李に勉強を見てもらった結果、あたしは未だかつてないほど穏やかな気持ちで今を迎えていた。

裏戸学園では、期末テストが終わった直後に、球技大会が行われる。

テストの採点期間中の二日間にわたり、クラス対抗のバレーボールが行われるのだ。

球技大会期間中も、あたしは大会後に返ってくるテストのことで頭がいっぱいだった。

自己採点でかなりの点数が取れていることがわかっているので、非常に楽しみである。気が付くとニヤニヤしてしまい、聖さんにすら不気味がられたが、問題ない。

浮かれ気分は球技大会中ずっと続き、うちのクラスは男女とも惨敗したけれど、全く気にならなかった。

だって、その結果はあたしが選手として出場した時点で見えてたし。

あたしは身長は高いがまったく運動神経がない。

しばらく欠席していたからといって、あたしに選手を押し付けたクラスのみんなが悪いのだ。

聖さんはさすがの運動神経を見せつけたが、所詮一人が頑張ってもチーム戦では勝てない。最下位決定戦にすら敗れて、ビリが決定した我がクラスは、球技大会の後片付けの任を受けた。

あたしは運動場で、使ったボールを集め籠《かご》に入れる係だ。

バレーは屋内競技だが、全クラス対抗の総当たり戦だったこともあり、運動場も使われていた。

途中まで聖さんも一緒に片付けをしていたが、彼女は先ほど突然現れた黄土兄弟に拉致《らち》されていった。

少し前まで、何かとあたしを追いかけてきた翔瑠だが、期末テストの一週間前あたりから、あまり姿を見ることはなくなった。

飽きたのか必要がなくなったのかは知らないが、さっきもあたしには一瞥《いちべつ》をくれただけで、弟と共に聖さんを連れ去っていった。

もちろん、あたしはそれを止めなかった。片付けも終わりかけだったし、自分が巻き込まれさえしなければ、副会長以外の攻略対象とのイベントを邪魔するつもりはない。

周囲に入れ忘れのボールがないことを確かめ、ボールの入った籠《かご》を押して移動しはじめる。籠の中のバレーボールは室外用のもので、運動場の外《はず》れにある運動用具倉庫に片付けることになっていた。

運動用具倉庫までは結構な距離があり、あたしは辿《たど》り着くと同時に、滲《にじ》んだ汗をジャージの袖で拭《ぬぐ》う。

裏戸学園のジャージは男女とも黒に近い紺色のオープンジッパーだ。肩から袖にかけてラインが入っていて、そのラインとジッパーの色が学年章の色と対応している。

競技中は上着を脱いでいたので半袖の体操服とハーフパンツだけという格好だったが、今は日焼け防止にジャージを肩に引っかけていた。

あたしは倉庫に入り、ボールの籠を定位置に戻して一息吐《つ》く。

と突然、背後から誰かに突き飛ばされた。とっさに手が出ず、頭から籠に突っ込んでしまう。

背後で金属が擦れる耳障りな重い音が聞こえて、体勢を整えた時には、開いていたはずの扉はピッタリと閉じていた。

「嘘、もしかして閉じ込められた？」

慌てて扉に手をかけ引っ張るが、一ミリも動かない。

一体誰がこんなことをしたのかと思うが、犯人の心当たりが多すぎて、かえって目星がつかない。

我ながら、どんだけ人に恨まれてるんだか、と乾いた笑いが漏れる。

とりあえず鉄の扉を叩《たた》いて助けを求めることにした。

「ちょっと誰かー、助けてー！」

だが近くには誰も居ないようで、助けはこない。

それでも諦めるわけにはいかなかった。

今は七月で夏の暑い盛り。すでに夕方近くなっているとはいえ、気温が急激に下がることはない。

倉庫内に窓はあるが、こんな場所に長時間閉じ込められたら、脱水症状を起こすことは確実に思えた。

うう、まさかこんな所に、死亡フラグがあるなんて。

最近テストのことで頭が一杯で、危機感が足りていなかった。

とにかく自分にできることを、と扉を叩き、声を上げ続ける。

「誰か、誰か——！」

しかし、どれだけ扉を叩いても、大声で叫んでも答えてくれる者はない。

蒸し暑い室内で、あたしは全身汗だくだ。しかし命がかかっているので、やめるという選択肢はない。

あたしは顎《あご》を伝う汗を拭《ぬぐ》い、もう一度、扉に向かって拳《こぶし》を振り上げる。

その時、突然ガラリと扉が開いた。

慌てて振り下ろそうとしていた拳を止めて、扉の向こうの人物を見る。相手は、びっくりした顔をしていた。

「翔瑠様、どうしてここに？」

意外な救出者の登場に驚いて尋ねると、翔瑠は不満げに唇をとがらせる。

「……それが、助けに来た相手に言うセリフ？」

「あ。それは、すみません。助かりました、ありがとうございます。でも本当になんで、翔瑠様がここに？」

しつこく尋ねるあたしに、翔瑠は呆れ顔をしたものの、ここに来た理由を教えてくれた。

彼は統瑠と一緒に聖さんを連れていこうとしていた時に、運動場でボールを拾うあたしを睨《にら》んでいる女子が数人いることに気付いたそうだ。一度は、聖さんと一緒に運動場を去ったものの、やっぱり気になって、あたしを探しにきてくれたらしい。

「……汗だくだね。歩ける？」

聞かれてあたしは頷《うなず》く。少し汗をかきすぎているが、ふらつくほどではない。

暑いので脱いで床に放っていた上着を拾い、考えてから肩にひっかけ、立ち上がる。

「大丈夫です。あの、それよりその女の子たちって……」

「僕が来た時にはもう近くに誰もいなかったよ。心当たりある？　僕もチラッとしか見てないから誰かまではわからなくて……」

あたしは首を振った。

「さあ、検討もつきません。心当たりが多すぎて……」

「……多すぎるって、環ちゃん、何したの？」

「何をしたというより、もっぱら巻き込まれた結果というか……」

最近の嫌がらせの主な原因は目の前にいるのだが、助けてもらった手前、直接本人に言いづらい。

「まあ、人間十数年生きていれば、いろいろありますって」

「……死ぬかもしれなかったのに、それで済ませちゃうんだ」

翔瑠は不満そうだが、他に言いようがなかった。

下手に騒ぎ立てても学園でのあたしの立場は弱いため、対処してもらえるとは思えないし、かえって恨みを買ってエスカレートしかねない。

「あたしにできる対応策なんて相手にしないことくらいしかないので」

「……守ってあげようか？」

翔瑠の言葉の意味が一瞬わからず、問いかえそうとするあたしに、翔瑠はさらにとんでもないことを言い出した。

「……僕の親衛隊になりなよ。そうしたら、こんな嫌がらせなんてされなくなるよ」

彼はあたしの手に自分の手を絡めて、迫ってくる。状況が唐突すぎて、理解が追いつかない。

「あの、その冗談笑えませんから」

「……僕、冗談はあまり言わない性質《たち》なんだけど？」

真剣な表情でさらに身体を近づけてくる翔瑠に、顔が引きつる。

「冗談じゃなければ、なんだっていうんですか。あたしが親衛隊の意味を知らないと思ってるんですか？」

親衛隊は女吸血鬼と吸血鬼の花嫁によって構成されている組織だ。月下騎士は、その中から将来の花嫁を選ぶことが多い。

つまり、親衛隊になれ、とは告白もすっ飛ばしてプロポーズするようなものなんだぞ？

十代半ばでその選択は重すぎるわ！

「わかってるよ。それもいいか、って思う程度には環ちゃんのこと気に入ってるつもり」

「そ、それもいいかってどういうことですか？」

婚約ってそんな軽い気持ちでいいわけがないだろう。

「とても信じられません。翔瑠様、この間まであたしのことなんとも思ってなかったじゃないですか」

「……そうだね。でも今は誰より君のこと気になってるよ」

不思議だね、と呟《つぶや》かれるが、不思議なのはお前の思考だ、と叫びたい。

「り、理由は？　そう思うようになったきっかけを教えてくださいよ！」

するとなぜか掴《つか》まれていた手の力がわずかに緩んだ。

「……それがわからないんだ」

「わからないって、どういうことですか？」

「六月の誘拐事件以降、なんでかわからないけど、君の姿を見るだけでなんだかもどかしい気持ちになるんだ。姿を見ると近づきたくなって。ねえ、これってやっぱり僕は君のことが好……」

「ありえないです」

とっさに翔瑠の言葉を遮《さえぎ》ると、彼はムッとしたようだった。

「……なんでそんなにきっぱり言いきれるの？」

いや、だって翔瑠は聖さんの攻略対象だし。

あの事件で翔瑠は始終気を失っていたはずだ。仮に記憶があったところで、翔瑠に惚《ほ》れられるようなことをした覚えもないし、急に魅力が溢《あふれ》れてきたとも思えない。

「理由がわからないなんて、全然説得力ないですよ。そんなんじゃ、信用できません」

「……じゃあ、どうしたらいいの？」

いや、知らないよ。

あたしはどうやったら翔瑠が諦めてくれるか思案する。

「少なくとも、あたしはあたしを一番に考えてくれる人じゃないと嫌です」

「……だから、さっきから、誰より君のこと気にしてるって言ってるじゃない」

「統瑠様や天城さんよりも？」

「……それは」

ようやく翔瑠が言葉を詰まらせた。その様子にあたしはホッとする。

「家族や友達、その他の誰よりも一番に思ってくれる人じゃないと嫌です」

「……でも僕、君のことが気になってるのは本当だよ？」

切なげに訴える翔瑠にも、あたしの心は動かされなかった。

「だったら、あたしと統瑠様が危険な目にあった時、迷わずあたしのほうを助けるって約束できますか？」

意地悪な質問だと承知で聞くと、案の定、翔瑠は泣きそうな顔で下を向く。

「約束できないなら、あたしは翔瑠様の親衛隊になんてなれません」

内心勝った、と思いながらも、それが表情に出ないように一応残念そうに断った。翔瑠はなおも不満そうに顔を顰《しか》める。

「……なんで？　僕は、こんなに環ちゃんのこと、気にしてるのに。なんで、頷《うなず》いてくれないの？」

一方的に自分の気持ちを押し付ける翔瑠は駄々《だだ》をこねる子供と同じだ。

実際、思考が子供なのだろう。正直、彼の行動は圧倒的に考えが足りない。

「気になる程度でなれるほど、親衛隊って軽い立場じゃないでしょう？　もっと時間をかけてじっくり、冷静に考えないと」

「でも……。僕は本当に環ちゃんのことを……っ！」

さらに何かを言おうとした翔瑠の頭をあたしは撫《な》でる。

優しく髪を梳《す》くように手を動かすと、翔瑠は驚いて言葉を呑み込んだが、あたしの手を振り払いはしなかった。そんな彼の態度にホッとする。

翔瑠は頭を撫でられるのが好きらしく、撫でられているうちに気持ちが落ち着いたようだ。ゲームの中でも時々癇癪《かんしゃく》を起こす彼の頭を、聖さんがなだめるように撫でていた。

あたしがしても効果があるかどうか心配だったが、翔瑠を黙らせることには成功したらしい。

しかし、その後のことは考えていなかった。どうすれば翔瑠のこの思い違いを正せるのか。

ヒントを求めて周囲に視線を巡《めぐ》らせていると、翔瑠の向こうに小さな影が見えた。

そいつは、視線が合った瞬間ぴたりと動きを止める。しかし固まっていたのは一瞬で、すぐにそいつは身体の自由を取り戻し、前足を揃えて一声鳴いた。

「にゃあ～ん」

「……あれ、猫？」

足元の存在に気が付いた翔瑠は、そいつ——耳と手足の先だけが黒い毛むくじゃらな獣に手をのばす。そいつは甘い声で彼の手に擦り寄った。

「……随分、人懐《ひとなつ》こい」

翔瑠が喉《のど》を柔らかくかいてやると、獣は気持ちよさそうに喉を鳴らす。

「……一体どこから入って来たんだ、お前。……て、環ちゃん、どこへ行くの？」

翔瑠の声に少しずつ後退していた足が止まる。

「えっと、その……どこへと言われましても」

とにかくその毛玉のいない所です、と言おうとした口は、背後から足に擦り寄るもう一つの毛皮の感覚に吹っ飛んだ。

「にゃあ〜！」

「ひゃあ！」

思わず飛び上がって叫ぶ。足元を見ると三毛柄の猫がいて、涙目になった。

「あれ、なんかまだいる？」

翔瑠の指に、視線を向ければいつの間にか三四目の猫がいて、一斉に鳴いた。

「「「にゃあああん」」」

「うわあああああぁぁん、ネコ怖あああぃ」

平静をぎりぎり保っていたがあっけなく崩壊して、あたしは恥も外聞もなく、翔瑠に抱きついてしまう。

「え？　ちょっと、環ちゃん⁉」

「いやー！　やだやだ、来ないでよぉ！」

足元にじゃれつこうとする毛玉悪魔どもから逃れようとその場でぴょんぴょん飛ぶが、もちろん重力によって元の場所に戻されるだけで効果はない。

とはいえ、猫も踏み潰される危険を感じたのか、一定距離をおいて近づいてこようとはしなかった。

だけど余裕のないあたしは叫んだ。

「うわーん。猫、やだー！」

「ちょ、落ち着いて環ちゃん」

もはや大混乱状態だ。自分で何をしているかわからず、ブルブル震える。

失神寸前の恐怖の中で、翔瑠の声が聞こえた。

「環ちゃん。猫、どっか行ったみたいだよ」

「ひう?」

涙目で見回せば、確かに毛玉の姿はどこにもない。

それに安堵《あんど》して、その場にへなへなと座り込んでしまった。

そんなあたしを翔瑠が見下ろしてくる。

「……猫、苦手なの?」

改めて聞かれ、先ほどの醜態《しゅうたい》を思い出して、赤面した。

「……笑ってもいいですよ」

「……さすがに笑わないよ」

翔瑠もなぜか気まずげだ。

うわああ、恥ずかしい。新たな黒歴史だ。

でも、本当に猫だけはダメなんだよ。

母曰《いわ》く、小さいころに猫に引っ掻《か》かれ、それが原因で高熱を出して以来、異常に猫を怖がるようになったらしい。そのことは覚えていないものの、あの恐ろしい毛玉を見ると身体がこわばり冷や汗が流れ、混乱してしまうのだ。テレビや映像ならギリギリ我慢できるが、とにかく実物はダメだった。

うう、思い出したら鳥肌が。

「環ちゃん、大丈夫？　立てる？」

少し躊躇《ためら》ったものの、あたしは差し出された翔瑠の手を取った。

勢い良く引っぱり上げられ、翔瑠の前に立ち上がる。その時、彼の視線が思ったより高い位置にあることに驚いた。

「翔瑠様。背、伸びました？」

翔瑠はあたしとほぼ同じ身長だったはずだが、今や視線が少し高くなっている。

「……伸びたけど」

幼なじみの竜《りゅう》くんもそうだが、この時期の男の子の成長には目を瞠《みは》るものがあるな。生命の神秘を感じて思わずまじまじと見つめてしまい、翔瑠に目をそらされた。

「……あの、環ちゃん？」

声をかけられ、ハッとする。

「あ、すみません」

慌てて彼から離れようとしたが、再び視界の隅に三色の毛玉を見つけてぎくりとした。

一瞬、ぴりっとした緊張感が走って互いに動きをとめる。しかし毛玉の悪魔はすぐに自由を取り戻し、なぜかあたしに向かって突進してきた。

「にゃあ～！」

「にゃああああぁあああ！」

あたしは翔瑠を突き飛ばし、悲鳴を上げながら脱兎《だっと》のごとく逃げ出した。

◇◆◇

裏戸学園は緑深い山地に立っている。

学園を取り囲んだ木々は、かつて信仰の対象だったとも言われ、幹が太く枝振りも立派なものが多い。古くからこの山地に住む人びとは、そういった木をご神木と崇《あが》めていた。

そんな自然崇拝が根付いた土地なので、裏戸学園の設立にあたって反対もあったらしい。村の多くの人間は、たいした観光資源もない寒村に新たな財をもたらす学園の創立を大いに歓迎したが、一部の老人は強く反対した。

村人全員の賛同を得られないまま学園の工事は始まったが、その着工式に一人の老婆があらわれ、予言のようなものを残して立ち去った。

曰《いわ》く『ご神木を汚す輩《やから》に災いあれ』。

老婆の言葉はただの負け惜しみと取られ、工事は進められた。しかしそれは困難を極める。工事にあたった人間の幾人もが指を切断したり、高い場所から落ちたり、怪我《けが》や事故が絶えず、学園の完成までには予定していた期間の倍かかったらしい。

それを老婆の呪いと恐れた人間もいたが、学園の創立者は偶然だと笑い飛ばした。そのためか工事が終わり、学園が開校する時、その話を生徒たちに教える者は誰もいなかった。

しかし、開校より数年間、生徒たちが行方不明になるという事件が多発する。幸い、みな発見されたが、そのほとんどが失踪中の記憶がないと話した。それが数年続いた時に、はじめて創始者も呪いの存在を認めた。

村人や部下のすすめで神事を行い、生徒たちにも山の木はご神木なのでむやみに近づかず、丁寧に扱うよう指導したところ、神隠しはぱったりとおさまったそうだ。

これが、裏戸学園独自の校則『学園周辺の木にはむやみに近づかず、丁寧に扱う』の由来である——代々生徒たちに伝わる怪談話はこんな感じだ。

「っていうか、いなくなった生徒って、ただ木から下りられなくて一晩帰れなかっただけだったりしてね」

乾いた笑いを漏らしたものの、一人で肩を落とす。

あたしは今、学園の近辺にある太い木の幹の上にいる。

何がどうしてそうなったのかという問いはするべからず。

多分猫から逃げるために登ったのだと思うが、覚えていないのだ。

今わかることは、登ったはいいが下りられなくなってしまったという事実だけ。

あたしはそっと、自分の足元を見下ろした。

見たところ地上まで三メートル近くある。

あたしのいる枝は太く、乗っていてもさほど揺れないところを見ると強度は十分だ。折れる心配はないが、どうやって下りればいいのかはわからない。

木のある場所も問題で、周囲に建物が見えない。おそらくここは、人が来る場所じゃないだろう。助けは望めない。

もっとも人が通りかかっても、恥ずかしくて声をかけられないけど。

「うう、くっそう。何もかも全てはあの毛玉悪魔のせいだ」

そんな悪態をついたのが悪かったのだろうか。

近くで猫の鳴き声がした気がして、あたしは硬直した。

慌てて声の出所を探せば、樹の根元に猫がいる。

ぶち柄の猫だ。倉庫にいた猫とはまた違う猫に、この学園には一体どれだけの野良猫が存在しているのかと思い、目の前が暗くなった。

しかし、意識を飛ばす暇などない。

猫はあたしのいる樹の根元をグルグルと回ったかと思うと、何を考えたのか、樹の幹に飛びついてきた。爪を立てて器用に樹に登りはじめた猫にあたしは頭が真っ白になる。

「え、やだ、来るなよ。しっしっ！」

あたしは猫を追い払おうと必死で手を振るが、猫はまるで気にする様子もなく、ことさらゆっくりと登ってくる。

「やだあ、来ないでよぉ」

とうとう猫がすぐそばまで迫り、あたしは逃げ道を探して枝の先に逃げようとした。

だがそんなことをすれば、どうなるか。

案の定あたしが一メートルも移動しないうちに、枝は折れた。

「あ」と思った時には遅く、あたしは空中に放り出される。

「っ、危ない」

僅《わず》かな浮遊感の後、背中に衝撃が走った。

しかし、思ったほど痛くはない。というよりなんだか地面にしては柔らか……

「って、紅原様!?」

目を開けると、至近距離に紅い髪が見えて飛び退《の》いた。

なんでこの人がこんな所に？　この人が助けてくれたのか？

「痛たた……、多岐さん、無事？」

紅原に苗字を呼ばれて、少しホッとする。今回は忘れられていないようだ。

あたしは頷《うなず》いた。

「はい、ありがとうございます。あたしのほうは特には」

「そっか。よかったわ」

心底ホッとしたという感じの紅原は制服姿だ。その裾《すそ》が土に汚れているのを見て心が痛む。

「あの、すみません。下敷きにしてしまって。服が……」

「別にそれは気にせんでええ。けど木の上なんかで、何しとったん？」

「それは……っ」

猫に追い詰められていたことを思い出し、まだ近くにいるであろうその姿を探す。

幸いあのぶちの姿は見あたらず、ホッとしていたら、頭上で「にゃあ」と声が聞こた。

今までにない低い鳴き声に新たな毛玉が発生したのか、と毛玉警戒レベルを引き上げて、周囲を見回すが、それらしい姿はない。思わず首を傾《かし》げれば、紅原が噴き出した。

「くくっ、本当に猫が苦手そうやね」

腹を抱《かか》えて笑うその姿に、新たな猫は紅い毛並みをしていたのだと気付く。どうやら一部始終を見られていたようだ。

もう、本当に穴があったら入りたい。

「ひ、ひどいですよ。こっちは本気で怖いのに」

恨みがましく紅原を睨《にら》むと、ようやく笑い終えた彼がニヤリとする。

「いや、ごめん。でも、ええやん。弱点、猫とか可愛いし」

か、可愛いって！

猫に追いつめられて、木から落ちる女のどこが可愛いんだ。

恥ずかしくて紅原の顔を見られず、視線を落とすと彼の手が見えた。

その甲には赤い筋《すじ》が入っている。あたしを受け止めた時にできたと思われる擦り傷から、薄く血が滲《にじ》んでいるようだ。

「あの、紅原様、手を怪我《けが》してますよ。あたし、絆創膏《ばんそうこう》を持って……」

「っ、触るな！」

手当てしようと伸ばした手を払われ、強い力で突き飛ばされた。

勢いがつきすぎて尻もちをついたあたしに、紅原は呆然としている。

彼はあたしの視線に気付くと、バツが悪そうに顔を逸《そ》らした。

「……ごめん。でも、触らんといて」

紅原は立ち上がり、ゆっくりとあたしから離れていく。

彼に突き飛ばされた理由はなんとなく理解できるが、心が追いつかない。座りっぱなしでいるところに、第三者の声が割って入ってきた。

「あ、円くん！　こんな所にいた！」

林の中から出てきたのは、聖さんだ。

最後に見た時はジャージだったが、今は制服姿で、周囲に黄土兄弟もいない。

彼女は少し離れた場所で座り込んでいるあたしの存在に気付いていないのか、紅原に詰め寄った。

「も～、教室で待ってたのに、いつまでたっても来ないし。こんな所で何してんの？」

怒る聖さんに、紅原は、困ったように目を泳がせた。

「あ、すまん。そういえば、今日の当番、俺やったか」

「ええ、もしかして忘れてたの？　ひっど～い。……って、あれ、手、怪我してる？」

紅原の怪我に気付いた聖さんが彼に手を伸ばした。その手はあたしの時とは異なり、振り払われることなく彼の手を取る。

「うわぁ、血が出てるよ。痛そう……どうしたの？」

「いや、さっきちょっとな」

「あ、あたしちょうど絆創膏《ばんそうこう》、持ってるよ！」

そう言って聖さんが取り出したのは、目つきの悪いネコのキャラクターが印刷された女の子らしい絆創膏だ。男子高校生が貼るにはちょっと、いやかなり恥ずかしいデザインかもしれない。

「いや、ええよ。そんな可愛いのもったいないし」

「遠慮しなくていいよ！　まだたくさんあるから。ほら、手を出して」

紅原は顔をひきつらせるが、強引な聖さんは、素早く絆創膏を貼ってしまう。

「ほんまにええのに」

「ダメだよ。応急処置は大事！」

めっと注意する聖さんに、紅原は笑みを浮かべた。

あたしはその光景に既視感を覚える。

ああ、そうだこれは、ゲームのイベント。いつの間に聖さんのイベントがはじまっていたのかわからないが、幸せそうな二人の光景にあたしの入る隙などないように思える。

なんだか、ものすごくいたたまれない気分になって、あたしは立ち上がった。

その音に聖さんがこちらを見る。あたしがいたことにはじめて気付いたらしく、目を丸くした。

「あれ、環ちゃん？　いつから、そこに？」

まだ着替えてなかったの、と驚く聖さんに、あたしはどう答えていいのかわからない。

反応しないあたしに聖さんは不思議そうな顔をしたが、すぐパッと顔を明るくした。

「ま、いいや！　せっかく会えたし、一緒に帰ろ！　着替えるまで待つし」

そう言ってあたしに駆《か》け寄ろうとした聖さんだったが、あと一歩と言うところで紅原の腕に引き戻される。邪魔されたことに、聖さんが不満げに口をとがらせた。

「もう、円くん、何？」

「ごめん。ちょい用事思い出して、すぐ帰らなあかんねん。多岐さんを待つ時間はちょっと……」

「ええ～、散々待たせておいて、それ？」

「ほんまごめん。今度甘いものでもおごるから堪忍《かんにん》して」

そんなもので高校生が釣れるのかと思えば、聖さんは「え？　甘いもの」と釣られた。

「仕方がないなあ。今度だけなんだからね」

あっさり陥落したヒロインに紅原は苦笑する。このやりとりの間、紅原は聖さんの手を握って離さなかった。仲睦まじい様子の二人を眺《なが》めていたら、紅原の視線がこちらに向く。

「じゃあ、多岐さん。さっきはほんまごめん。この詫《わ》びは今度……」

「気にしないでください。別に怪我《けが》したわけじゃありませんし」

木から落ちる時に庇《かば》ってもらったのだ、突き飛ばされたことなど大した問題ではない、と答える。

すると、それを耳ざとく聞きつけた聖さんがあたしに駆け寄ろうとした。

「え？　木から落ちたって、環ちゃん、大丈夫なの？」

「つ、利音ちゃん！」

紅原は慌てた様子で、聖さんを強く引き戻した。勢いがつきすぎたのか、聖さんは後ろに倒れかかかる。結果、紅原が聖さんを背後から抱き締めたような形になった。

「っ、何。円くん!?　いきなり何を！」

「多岐さん、ほんまごめん。俺らこれで」

突然のことに顔を赤くして抗議する聖さんだが、紅原はそれを無視して、聖さんを連れていった。

聖さんの肩を抱く紅原の腕が外《はず》れることはなく、寄り添う二人の姿を見ていると不思議な既視感に襲われる。

ああ、やっぱりそうだ、これはゲームの一枚絵。完成された絵と同じくらい完璧《かんぺき》なその光景に、あたしは立ち尽くした。

やがて二人の姿が木々の陰に消えるまで見送って、あたしは思わずポツリと呟《つぶや》く。

「……馬鹿みたい」

それが一体誰に対しての言葉なのか、あたしにもわからない。

ただ独り取り残された林の中、色づきはじめた光に気付いて、ジャージを着替えるべく、あたしは教室へと動き出した。

イベント5　夏期講習

予想した通り高得点のテストが返却され、後はホクホク気分で夏休みを待つのみとなった。

七月の暑さも冷暖房完備の室内までは届かない。

終業式を明日に控えた昼休み、あたしは勉強会のお礼をするために、桃李の部屋に来ていた。

部屋には簡易のミニキッチンがあり、あたしはそこで紅茶を淹《い》れる。

充分に蒸らした紅茶をポットからカップに注げば、ふわりと芳醇《ほうじゅん》な香りが立ち上った。

それを持ってテーブルに向かい、すでに座っていた桃李の前に「どうぞ」と置く。

桃李は礼を言った後、さっそく口をつけた。

「ん、やはり多岐の淹れる紅茶は美味いな。専門店より上じゃないか？」

「それは言いすぎですよ。あたしなんかよりよっぽど上手にお茶を淹れる人はいます」

実際、あたしの淹れる紅茶は聖さんのモノマネでしかなく、彼女のお茶には遠く及ばない。

「そうなのか？　多岐の淹れる紅茶は私の好みにあってるよ。癖がなくて、飽きが来ないといえばいいのか」

ずっと飲み続けたいと言われると、悪い気はしなかった。

「ありがとうございます。お世辞でも嬉しいです」

「だから、世辞ではないと」

だとしたら、それはきっと桃李が本物の味を知らないからだと思う。

この後の展開によっては聖さんの絶品紅茶を毎日飲めるようになるかもしれない相手からの褒め言葉だ。いい気になった後で彼女と比較されて、幻滅されたくなかった。

「それはそうと、本当にお礼ってこれでよかったんですか？」

桃李の前には皿に載ったカップケーキがある。

以前、黄土兄弟に作ってあげたのと同じものだ。

テストでお世話になったお礼をしよう、と桃李に欲しい物を聞いたら、要望《リクエスト》されたのがこれだった。

紅茶の葉を入れたり、ナッツを混ぜたりして多少味のバリエーションをもたせはしたが、所詮素人《しろうと》の作ったもの。普段高級品を食べ慣れている桃李の口には合わないと思うんだけど。

「これがいいんだ。以前、棚橋先生が食べているのを見て、食べてみたかったんだ」

いただきます、と丁寧に手を合わせ、桃李はカップケーキをフォークで切り分けて口に運ぶ。味わうように咀嚼《そしゃく》して、呑み込んでから、桃李は頷《うなず》いた。

「うん、美味い。世辞じゃないぞ」

いや、絶対お世辞だろう。

だが、大人な桃李は一瞬たりとも本音を顔に出さず、あたしもあえて追及する気もないので、お礼を言うだけにとどめた。

「そういえば、多岐は夏休み、どうするんだ？」

カップケーキを食べ終えた桃李が、食後のお茶を楽しみながら聞いてくる。一瞬、攻略対象に自分の予定を話してしまってよいか迷うが、素直に答えた。

「帰省しようと思います。夏休みが終わるまでいようかと」

あたしの場合、帰省先は実家じゃなくて、幼なじみの家だ。

先日、幼なじみである香織《かおり》から「夏休みは帰って来い」と電話をもらったので、その言葉に甘えることにした。

紅原の例があるから、帰省したからといってゲーム関係者と関わらずにいられるか不安なのだが、学校には聖さんがいるので、もっと危険だ。

「終わるまで、とは？　夏期講習はどうする気だ？」

「え、夏期講習？」

聞けば、毎年お盆明けの一週間に泊まり込みの勉強合宿が行われているらしい。

「去年もあったし、ホームルームでも知らせているはずだが？」

そういえば去年、全寮制の学校なのに、なぜわざわざ学外施設へ遠征するのだろうと思ったような？

「でも夏期講習って確か、参加は任意でしたよね？　あたし、行く気は……」

「何を言っている？　多岐も行くんだぞ」

寝耳に水の話に唖然《あぜん》としていると、桃李が説明してくれる。元々、夏期講習は成績不振者や一学期に授業出席数が足りない学生の救済を目的とするものらしい。参加すると進級に必要な授業時間が加算されるとのこと。

「多岐の場合、病欠とはいえ、長く休んでいた期間があっただろう？　そのせいで、必要な授業数が足りないんだ」

今後のことを考えても、参加したほうがいいと諭《さと》されるが……

「で、でも夏期講習って、確か最終日に『お茶会』があったような……」

「……そういうことは知っているんだな」

今、思い出したんだよ！

『お茶会』というのは通称で、正式には『月下騎士を囲むファン感謝の集《つど》い』だ。

親衛隊の主催で年に数回行われ、一般生徒にとっては普段触れ合うことのできない月下騎士会のメンバーと交流できる貴重な機会となる。お茶会といっても、必ずしもお茶を飲むわけではなく、スポーツやゲーム大会などが催されたり、過去にはバンドを組んでコンサートを開いた強者《つわもの》もいたとか。

そんなお茶会が夏期講習の最終日に予定されていたはず。

去年あたしが夏期講習に行かなかったのは、多分これがあったせいだ。

「……君もやはりファンクラブに入っているんだな」

「でなければ、学校ですごしにくくなりますので」

ファンクラブは加入するもしないも自由であるが、余程の事情がない限り、ほとんどの生徒が加入している。ファンクラブに所属していないと学園内では不便なことが多く、悪目立ちしたくなければ、入らざるをえない。

「……そうか。そういう考え方もあるんだな」

なぜかホッとしたような桃李の様子は気になるが、今はそこが問題ではない。

「あの、夏期講習って聖さんも参加するんですかね？」

「聖……？　いや、知らないが。ああ、そういえば聖も同じころに長期欠席していたな」

親友のことはやはり気になるか、と微笑まれてげんなりする。

「聖の休みは多岐の病欠とは違う。だから聖のことは心配しなくても大丈夫だ」

うん。それは知ってる。

聖さんの休みは学園側の事情によるということで、出席日数に響かないのだ。成績がいいことも加味されてのこととはいえ、何から何まで優遇されているヒロインと自分を比較してやさぐれそうだ。

その分、転寮や朝夕の護衛など、面倒な条件を押し付けられているので、全部が全部羨《うらや》ましいわけではないけれど。

「参加は自由だから、別に誘ってもいいぞ」

「……いえ。そういうわけでは。聖さんには聖さんの都合があると思いますし」

むしろ彼女が参加しないようにできないだろうか。……できないだろうなあ。

聖さん、夏休みに外出できないことをものすごく悔しがっていた。

夏期講習はお茶会があるので、月下騎士が必ず参加する。彼女が行っても問題ないはずだ。ヒロイン参加のお茶会付き夏期講習なんて、どう考えてもイベントフラグ。

そんな場所への強制参加とくれば、あたしにとっては死亡フラグとしか思えない。

一学期が終わり、これでほぼゲームとの関係が切れると思っていたが、どうやら最後にして最大のイベント発生に、あたしは溜息《ためいき》を吐《つ》いた。

◇◆◇

何はともあれ夏休みである。終業式が終わり、その日のうちに、あたしは幼なじみの家である藤《ふじ》崎堂《さきどう》に帰った。藤崎堂は老舗《しにせ》の和菓子屋さんだ。

攻略対象が現れるかもしれないという懸念は杞憂《きゆう》に終わり、何事もなく一月《ひとつき》がすぎていく。

宿題をしたり、香織とプールに行ったり、おばさんと買い物に出かけたり。去年の夏休みは寮でボッチだったから、それに比べると非常に楽しかった。去年も意地を張らずに帰ればよかった、と後悔したほどだ。

そんな幼なじみ宅での楽しい時間はあっという間にすぎ、とうとう夏期講習に出発する日がやってきた。

「環ちゃん。これ、おにぎりなんだけど、途中で食べて？　で、これは今夜のお夜食で……」

「いや、おばさん。それはさすがに」

一体どこに行くと思っているのか。プラスチック製の密閉容器に入ったおかずを大量に渡そうとするおばさんにたじろいでいたら、香織が助け舟を出してくれた。

「ちょっと、母さん。環は寮に戻るわけじゃないのよ？　合宿に行くのにそんなもの押し付けたって邪魔なだけよ」

香織の注意におばさんは、しぶしぶながらおにぎり以外のものを引っ込めてくれたのでホッとした。

「ありがとう、香織」

「あんたももう少しきっぱり断りなさいよ。それから、竜！」

香織は一歩下がった所にいる弟の竜くんを振り返る。

「突っ立ってないで、挨拶《あいさつ》くらいしなさい。環はもう戻ってこないんだからね」

「…………」

いや、まあ、夏期講習が終わったら、そのまま寮に戻る予定なので、香織はそういう言い方をしたのだろうけど。これから最後の死亡フラグを回避しようとしている時に、そう言われるとなんだかなあ。

「どうした、環姉《たまきねえ》。なんか暗い顔してるけど」

竜くんの声に我に返る。慌てて、なんでもないと手を振りつつ、彼に「環姉」と呼ばれたことに思わずニンマリしてしまう。

そうなんだよね！　なぜだか知らないか、夏休みに帰ってきたら、竜くんのあたしの呼び名が変わっていたのだ。どういう心境の変化があったのかはわからないけど、飛び上がるくらい嬉しい。

なんだかここまでの夏休みは幸せすぎて、不幸の前触れじゃないかと怖くなるほどだ。

「もしかして行きたくないのか？」

「ううん。そんなんじゃないよ」

「無理しなくてもいいぞ。俺だったら夏休みに勉強漬けの合宿とか、絶対堪《た》えられないから」

想像したのかうんざりという表情の竜くんに、思わず笑ってしまった。

「本当に大丈夫。それより、竜くんも明日から大会でしょ？」

竜くんはこの後、部活の全国大会に出場するべく、出発することになっていた。

「頑張ってね。応援には行けないけど、竜くんなら絶対優勝できるから」

拳《こぶし》を握って言うと、竜くんは口ごもった。

「絶対って、一応全国だ。そう簡単には……」

竜くんは謙遜《けんそん》するけどあたしは竜くんがどれだけ頑張ってきたのかを知っている。

幼いころから鍛錬を欠かしたことがないのはもちろん、彼はこの夏休みも朝早くから夜遅くまで部活で忙しくしていた。夏休み中、あたしは彼と一度も遊べなかったくらいだ。

「ずっと頑張ってるのを見てたもの。竜くんならできるよ」

あたしの言葉に竜くんはいっそう黙って、そっぽを向いてしまった。

怒らせたかと一瞬思うが、横を向いた竜くんの耳が赤くなっているのに気付く。

照れているだけだとわかって、可愛いなあと思う。

そういえば帰省してからずっと気になっていたことがあったんだ。しばらく会うこともないし、思い切って聞いてみよう。

「ねえ、前に言っていた初恋の子は応援に来るの？」

あたしの一言に、竜くんの顔から表情が消える。

「来ないよ」と呟《つぶや》く彼に、あたしは地雷を踏んでしまったことを悟った。

「ご、ごめん。大きなお世話だったね」

あきらかに不機嫌になった竜くんに慌てて謝るが、彼は黙ってしまった。

弟みたいに可愛い彼の初恋の実りは遠いようだ。

そんなことを話しているうちに、出発の時間になり、藤崎のおじさんが声をかけてくる。

合宿は現地集合なので、車で送ってくれることになっているのだ。

気まずくなってしまった竜くんから離れ、あたしは藤崎堂のロゴ入りのバンに乗り込む。

窓を開けると、おばさんに「生水には気をつけるのよ」と言われてしまう。本当にどこに行くと思っているのか？　香織にも声をかけると、「また、冬休みにね」と手を振ってくれた。

またねの声が嬉しい反面、そのころあたしは無事にここに戻ってこられるだろうかと不安になる。

何せ聖さんのルームメイトとしての最後のイベントだ。

どんなことが待ち受けているか想像もできない。

だが、なるようにしかならないし、ここに戻るために最大限の努力をしようと心を決めた。

「じゃあ、竜くんもいろいろありがとう。またね」

香織とおばさんの後ろにいる竜くんに声をかけると、彼はまだ微妙な顔をしている。

不安そうな、でもどこか決意を秘めたような顔で彼はバンに近づくと何かを言いかけた。

「なあ、環姉。俺がもし……」

だが、竜くんの声は車のエンジン音でかき消されてしまう。

慌てて聞き返すが、竜くんは「なんでもない」と後ろへ下がった。

三人に見送られ、車は走り出す。バンの助手席でおじさんと話をしながら、あたしはそっとスケジュール帳を開いた。印がつけられていない日付はあとわずか。

ゲームからの解放カウントダウンは『十四』まで減っていた。

後、二週間で死亡フラグが立つ条件は消え、あたしは聖さんや攻略対象と縁が切れる。それを思うと、最近少しだけ寂しさに襲われることがあった。

けれど、そんな気持ちでは生き残ることはできない。

しっかりしないと。なんとしても香織の『冬休みにね』に応《こた》えてみせる。

あたしは手帳を閉じて、まだ遠い合宿所のある方角を睨《にら》みつけた。

◇◆◇

夏期講習は、とある海岸線沿いの学園所有の宿泊施設で行われる。

お盆明けの月曜日から全六日の日程で行われる合宿スケジュールは、まず初日の昼に開講式があり、午後から講義だ。翌日も朝八時から夕方五時まで講義が組まれ、夕食後も任意で参加できる補講がある。毎日課題が出され、それを期限までに提出できなければ、途中で強制的にリタイアさせられることもあるという。思ったよりもハードな勉強合宿だった。

そんな夏期講習も三日目に入った昼休み。

あたしは宿泊用施設の最上階に位置する部屋で机に向かっていた。

この部屋は洋間で四人まで一緒に泊まることができるが、あたしの他に使っているのは一人だけだった。

大方の予想通り、その一人とは聖さんである。

彼女は窓際でぼうっと外を眺《なが》めていた。

「照りつける太陽。澄んだ青い空に白い雲。波音も涼やかな海に白い砂浜」

窓枠に頬《ほお》杖をつき、目の前の景色を言葉にしていく聖さんは、リボンとレースの重なった丈の短いトップスにオレンジの五分丈パンツという私服姿だ。

夏期講習は特に服装の取り決めはなく、何を着ても良いことになっていたが、あたしは無難に制服を着用している。

「美しい夏の風景。なのになんで……」

珍しくアンニュイな雰囲気を漂わせる彼女はほうっと溜息《ためいき》を吐《つ》く。

長いまつげの美少女は、景色の美しさに引けをとらない。

しかし、美しさというのは得てして儚《はかな》いものだ。

「……なんで、なんでなんでなんで！　おあずけなのー！」

聖さんが美少女にあるまじき絶叫をした。

夏期講習がはじまってから何度目かのそれに慣れきったあたしは、ペットボトルの麦茶をずずっとストローですすった。

「せっかく外に出られたのに、こんなのってない！」

「……聖さん、うるさい」

苦情を言うと、キッと聖さんに睨《にら》まれた。

「環ちゃんにはわからないよ！　ずっと寮で暇してて、せっかく許可をもらって外に出られたと思ったら朝から晩まで勉強漬けとか！」

環ちゃんに連絡とろうにも電話番号教えてくれないし、と関係のないことをなじられる。

「夏期講習ってそういうものでしょう。諦めなよ」

「諦められない！　せめて、外に出たい、海で遊びたいー！」

だったら一人で行けばいいじゃないか、と思うのだが、それを昨日言ってみたら、しつこく誘われたので今日は言わない。

「すでにお盆すぎてんだから、海に入った時点でクラゲに刺されるよ」

「夢のないこと言わないで！」

ああ、うるさいうるさい。

「ところで、聖さん、課題は終わってるの？」

「あんなの、速攻で終わらせたよ。時間かけていられないもん」

そりゃすごい。あいかわらずチートとも言うべき、早業《はやわざ》だな。

「でもあたしは終わってないの。ちょっと静かにしてくれないかな？」

なぜに寮と同じ会話を合宿先でもしなければならないのか。

「じゃあ、お願い聞いてくれる？」

「じゃあ、って何？接続詞おかしいよ」

「だって、勉強ばかりでつまらないんだもん！」

いやだから、理由になってないって。

「とにかく邪魔しないで。これ、午後の講義に提出の課題なんだから」

「え、それって午後提出なの？　時間、大丈夫？」

う、それは。

この夏期講習はなかなかハイレベルで、出される課題やテストは講義をしっかり聞いていないと解けないような難易度だ。少しでもなめてかかると即脱落となる。もうすでにかなりの数の生徒が施設から姿を消していた。

現にこの部屋だって、あたしたち以外に二人の生徒がいたのだが、一人は初日に、もう一人は二日目に脱落してしまった。

現在三日目の昼。あたしの手元の課題は終わっていない。

ううう、このままじゃ、次の授業であたしはリタイアだ。

それはそれで聖さんと離れられるのでいいような気はするのだが、その代わり夏期講習の単位がもらえない。

桃李に夏期講習に誘われた後、棚橋先生にも確認してみたのだが、あたしが長期欠席で受けられなかった授業の数は思っていた以上に多かった。

即留年ではないにしても単位に必要なギリギリの授業数しか出席できておらず、今後のことを考えるとできるだけ履修しておきたい。

「ねえ、環ちゃん。課題の答え見せてあげようか？」

「え、本当に？」

聖さんの提案に思わず食いつけば、聖さんは満面の笑みで頷《うなず》く。

「うん、いいよ。その代わりお願い聞いてね？」

天使のようなヒロインの笑みの陰に悪魔を見た気がした。


悪魔に魂を売りながらも、なんとか課題を提出し終えた合宿三日目の夕方。

聖さんに何をお願いされるのか戦々恐々としつつ、あたしは寮の厨房《ちゅうぼう》へ向かっていた。

実はこの合宿中、調理補助を頼まれているのだ。

夏期講習には智星寮《ちせいりょう》の料理長が食事係として同行しているのだが、もちろん彼女一人で、全ての生徒の食事をまかないきれるわけがないので、手伝いのアルバイトを雇っている。

しかし、そのアルバイトが一人、都合がつかなくなったらしい。突然だったため、代わりが用意できず、その穴埋めをできる範囲でしてくれないかという依頼だった。もちろん給金も出すということなので、あたしは日頃のお礼も兼ねてそれを引き受けたのだ。

厨房に顔を出すと、料理長はすぐさま指示をくれる。

どうやら今日はじゃがいもの皮剥《む》きのようだ。ゴミ袋と包丁をもらい、じゃがいもが置いてある場所まで向かう。

勝手口を出てすぐ、日除《ひよ》けの屋根の下にじゃがいもの入った袋は置かれていた。そのそばに椅子《いす》代わりの木箱を置いて、じゃがいもを剥きはじめる。

避暑を目的に来る人もいるような土地なので、外でも都会ほどの暑さはない。

じゃがいもを袋から出しては皮を剥き、籠《かご》に放り込んではまた次を取る。

お仕事というより子供のお手伝いと言えるようなそれはノルマ制で、与えられた仕事が終われば、終わりというものだ。早く終わらせれば、それだけお給金が上がる。

いつもなら早く終わらせようと動く手が、今日は少しばかり鈍い。

だって、部屋に戻ったらあの悪魔……もとい聖さんのお願いを聞かなければならないのだよ。

憂鬱《ゆううつ》な溜息《ためいき》を吐《つ》いていた時だった。

「……環ちゃん、何してるの？」

聞こえた声にハッと目を向ければ、いつの間にか翔瑠がそばに立っている。

合宿は全学年合同だし、今回のお茶会のメインゲストが彼だということは聞いていたので、ここにいること自体は不思議ではなかった。しかし翔瑠と会うのは、球技大会後に親衛隊にならないかと誘われて以来……あたしは緊張する。

二学期になれば縁が切れるはずだから、二度と関わることはないと思っていたのに。

何を話せば良いのかわからず黙ってしまうと、翔瑠はあたしのほうへ歩いてきて、手元を覗《のぞ》きこんだ。

「……じゃがいも？　もしかして厨房《ちゅうぼう》の手伝いしてるの？」

「そうですけど……」

じっと手元を見られると、居心地が悪い。

「あの。やってみます？」

なーんて。さすがに断るかなと思って聞いたのだが、頷《うなず》かれて慌てる。自分から提案した手前、今さらだめとも言えないが、翔瑠に包丁を持たせるのは怖い。

折衷案《せっちゅうあん》として、あたしは厨房からピーラーを借りてきて、じゃがいもと一緒に渡す。

「これは？」

当然といえば当然なのか、翔瑠はピーラーを知らないようだ。

使い方を説明して、とりあえずじゃがいも一個をお願いした。彼は素直に頷いて剥《む》きはじめた。

翔瑠のじゃがいも剥き、などという乙女ゲーム的に需要があるのかないのかわからない光景になんともいえないものを感じつつ、あたしもノルマを目指して、皮剥きを再開する。

そのまま無言で作業を進めていたが、残り二個というところで、翔瑠が口を開いた。

「ねえ、環ちゃん。球技大会の後のことなんだけど……」

なんとなくその話になると思っていたあたしは、作業の手を止めない。

「あたしの答えは変わりませんよ」

あたしは剥き終えたじゃがいもを籠《かご》に入れて、最後の一つに手を伸ばす。

その手をじゃがいもごと翔瑠に掴《つか》まれて、作業を中断させざるを得なくなってしまった。

包丁を置いて、作業を邪魔した翔瑠に非難の瞳を向けるが、彼はまっすぐ見つめ返してくる。

「球技大会の後、君に言われたことを僕なりにずっと考えてたんだ」

確かにあたしは翔瑠に「よく考えろ」と言った。

その後、夏休みに入る前も後も翔瑠の姿を見なくなったから、てっきりあたしの言葉を理解してくれたと思っていたのだが、違うのだろうか。

「……環ちゃんは意地になってるんでしょ。僕が車の中で君の言うことを無視したから」

一瞬、翔瑠がなんのことを言っているのかわからず首を傾《かし》げた。しかし『車の中』という単語で、誘拐事件のあった日にあたしが車中で外出をやめるように訴えた時のことだと思いあたる。

「あの時のことを根に持って、僕にいじわるしてるんでしょう？」

「別にそういうわけではありません」

むしろ今まで忘れてた。やはりあたしの言葉を理解していなかった翔瑠にがっかりする。

「……だったらなんで頷いてくれないの？　それとも誰か他に好きな人でもいるの？」

「っ、好きな人なんていません！」

翔瑠に問われて一瞬、脳裏をよぎった面影――気が付くとあたしは、それを強く否定していた。

翔瑠があたしの剣幕にたじろいだ顔をしたので気まずくなり、視線を落として謝る。彼は「別に、いいけど」と、それ以上問い詰めてきたりはしなかった。

「だったら、なんで？　君にとって悪い話じゃないでしょ？」

悪い話じゃなければイコールいい話ではないことにお願いだから気付いてほしい。

翔瑠はあたしの手に込める力を強くし、切なげに訴えてくる。

「ずっと、君のことが気になるよ。それでも君は全て僕の冗談だって言うの？」

真剣な表情の翔瑠にまったく絆《ほだ》されないといったら、嘘になる。

なんだか自分が悪女になった気分だ。

「確かにあたしの立場は弱いです。親衛隊にしていただけるなんて、本当にありがたいと思います」

「だったら……」

「でも、だからといって自分を信用していないとわかっている人の親衛隊にはなれなせん」

吸血鬼はとにかく自分たちが関わる事件に人間を巻き込むことを避けている。

誘拐事件に聖さんを巻き込んだことで、黄土兄弟はおそらくかなり微妙な立場に追いやられているはずだ。学園内でも、六月以降黄土兄弟が学校を休みがちなのは家がごたついているからではないかと囁《ささや》かれている。

統瑠が廃嫡《はいちゃく》されるのではないかという噂《うわさ》が学園内で出ていることを考えると、統瑠至上主義の翔瑠はかなり追い詰められているのではないだろうか。

そんな状況で、統瑠たちがもう一人の人間を巻き込んでいたと知られてしまうのはかなりまずいに違いない。

おそらく翔瑠はあたしを親衛隊にして、吸血鬼側に取り込んでしまおうと考えている。

親衛隊の地位を餌に口止めができるし、あたしが吸血鬼の関係者になれば、誘拐事件に巻き込んだと知られても大した問題ではなくなる。

正直、あたしみたいなモブを親衛隊にしようという発想をしたのは驚きである。だが、それって翔瑠はあたしをそこまでしないと信用できない人物と思っているってことだ。

「あの事件の時、あたしは結局一人で逃げただけですし、恩に着せるつもりもありません。口外しないと統瑠様にも誓いました。信じてください」

そう訴えれば、翔瑠はじっとあたしを見つめてくる。

あたしが嘘ではないと伝えるために彼を見つめ返した時、翔瑠の瞳が戸惑《とまど》いに揺れた。

「……環ちゃん、僕が君を親衛隊にするって言ったのは、誘拐事件の口止めのためって思うんだ」

その言葉に今度はこっちが困惑する。それ以外に何が考えられるというのか。

「……それが君の答え」

翔瑠は溜息《ためいき》を吐《つ》いて、やるせなさそうに瞳を逸《そ》らし、あたしの手を離したかと思うと何かを押し付けてきた。

「……環ちゃんは、僕が親衛隊の意味をわかっていないと言ったけど」

「え？」

「本当にわかってないのはむしろ環ちゃんだと思うよ」

「は？　それはどういう……」

聞き終える前に翔瑠は走り去っている。

その場に取り残されたあたしは、押し付けられたピーラーと元の三分の一ほどになったじゃがいもにポツリと呟《つぶや》いた。

「実まで剥《む》くなよ、もったいない」


無事に厨房《ちゅうぼう》の手伝いを終え、そのまま夕方の講義に出たその日の夜。

幸い夜の課題は早々に片付き、部屋でくつろいでいたところへ真田さんが訪ねてきた。

この合宿で知ったのだが、どうやら真田さんと聖さんは知り合いだったらしい。

誘拐事件後少しの間天空寮《てんくうりょう》にお世話になっていた聖さんは、そこで真田さんと知り合ったとのこと。

真田さんは訪ねてきて早々、合宿所の近くにある真田家所有の別荘に誘ってきた。そこには露天風呂があり、一緒に入らないかというのだ。

あたしは最初それを断った。前日は課題がなかなか進まず、寝られなかったので少し寝不足だったのだ。

今日は早めに寝たかったし、何より、紅原に会いたくなかった。

この合宿での聖さんの護衛兼付き添い人には紅原が指名されている。聖さんと外出となれば、彼が同行する可能性が高い。

あたしが断ると、そこで聖さんの『お願い』が発動した。

断る術《すべ》を失ったあたしは、結局二人に連れられて露天風呂に行くことになったのだ。

しかし、幸いなことに紅原は付いてこなかった。

真田家の別荘は本当にごく近くにあり、車での送迎もしてくれるということなので、女三人でも危険がないと判断されたのだ。

現在、あたしたちは真田さんに案内された露天風呂にいる。

その風呂は、とても個人が所有しているとは思えないもので、岩に囲まれた浴槽は優に大人が十人くらいは入れそうなものだった。浴槽はわざわざ建物の高い位置に作られており、その分余計な衝立《ついたて》などがなく、景観が素晴らしい。

夏至《げし》はすぎたとはいえ、まだ日の長い真夏の太陽は今まさに海岸線に沈んだばかりだ。

かすかにオレンジが残った藍《あい》色の空を湯船に浸《つ》かり、うっとりと眺《なが》める聖さんは、至福とばかりにほお、と溜息《ためいき》を吐《つ》いた。

「景色最高。その上、温泉とか贅沢《ぜいたく》だねえ」

聖さんに同意して頷《うなず》けば、隣で真田さんが笑みを浮かべた。

「ご満足していただけたようで何よりだよ。それにしても……」

なぜか真田さんは言葉を止めて、じいっとあたしたちを見てくる。その視線が胸に向けられているような気がして、ものすごく落ち着かない。

そもそも、他に人がいないとはいえ、この二人に挟まれるとか、どんな罰ゲームかと思ってしまった。聖さんは凹凸《おうとつ》はげしいヒロインボディだし、真田さんはスレンダーでとにかく細く、その二人と並んでいることに申し訳なさを覚える。

それでも、湯船に浸《つ》かってしまえばわからないと思っていたのに、なんなのでしょうか。

「な、何？　真田さん」

「……利音は外から見てわかってたけど、多岐さん、意外にあるんだね？」

一瞬、何を言われたのかわからなかったが、彼女が自分の胸を押さえ、じっとりとあたしのものを見てくるからすぐに気付いてしまった。

「そ、そんなことないよ。標準だし、聖さんのほうがよっぽど大……っ」

良からぬ気配を感じて、あたしはとっさに自分の胸を庇《かば》う。すると背後で不満げな声が上がった。

「むう、あとちょっとだったのに！」

「……聖さん、何しようとしてたの？」

「何って、そりゃ……」

掌《てのひら》を上に向け指をわきわき動かすのはやめろ。

君は乙女ゲームの主人公《ヒロイン》であって、男性向けの主人公《ヒーロー》ではない！

「馬鹿なことを言ってないで、ほらまず身体を洗って……」

「じゃあ、洗いっこしようよ！」

「しないよ！　何言ってんの、高校生にもなって」

「え、楽しそうだな。じゃあ、私も……」

「真田さんまで参加しようとしないで！」

そんな感じの攻防を繰り返し、再び湯船に浸かるころには疲れ果ててしまった。

それでも広い浴槽に浸かっていると、ふうっと疲労が溶けていくような気がする。

ここは贅沢《ぜいたく》にも源泉かけ流しだ。少し熱めのお湯に火照《ほて》った身体を海風が冷まし、なんとも気持ちがいい。一人で温泉を満喫していると少し離れた場所から聖さんの声が聞こえた。

「環ちゃーん、ごめんってば。機嫌直してよ～」

あたしのいる位置からちょうど対角線上の反対側から聖さんが謝ってくるが、振り返らないし答えない。

「ごめんよ、多岐さん。私も調子に乗りすぎた。もうしないから、機嫌直して」

同じ位置から真田さんの謝罪も聞こえるが、一瞥《いちべつ》だけして近づかない。

だって二人共ひどいのだ。

嫌だというのに、二人がかりで、無理やり洗いっこに巻き込むとか。

だが、ずっと怒り続けているのも大人げない。

あたしは二人との距離を保ちつつ、半目で睨《にら》んだ。

「もうしない？」

「しないよ！」

「しない、誓うよ」

「わかった。じゃあ、そっちに行くから。真田さん、聖さんを押さえておいて」

聖さんのほうは信用ならないので、真田さんにお願いすると、彼女は神妙に頷《うなず》いた。

「オーケー、利音の暴走は止めてみせるよ」

「ちょっと待って。あたしの扱い、なんかひどくない？」

それは日頃の行いの違いだ。

聖さんが抗議する中、あたしはそっと彼女たちに近づいた。湯けむりの向こう、聖さんは真田さんに肩を押さえられ、不満そうな顔をしている。

「ありがとう、真田さん」

「お安い御用だよ」

「ひどい、二人共」

「ひどくないよ、嫌だって言ったのに、いつも調子に乗って」

「それは環ちゃんへの親愛の情が抑えきれないからで……」

何が親愛だ。嫌がらせとしか思えない。全く反省の見られない聖さんを睨《にら》んでいると、あたしたちの様子を見ていた真田さんがくすくす笑った。

「君たちは本当に仲がいいんだね」

「ルームメイトで親友だからね！」

「ルームメイトは認めるけど、親友は認めない」

きっぱり言い切ると、聖さんが「ひどい」と喚《わめ》くが、親友なら課題を盾に無理やり言うことを聞かせるような真似はしない。もっとも、自覚のない自称親友はすぐに気を取り直した。

「そういえば希にはルームメイトいないの？」

「基本、親衛隊は別棟の寮が与えられるし、そんなに人数がいないから、一部屋を二人で使うことはないいんだよ」

「へえ、一人とか寂しいね」

聖さんの素直な感想に真田さんが苦笑する。

「中学の時には、いたんだけどね」

「その人ってどうしたの？　あ、どっか転校したとか？」

「亡くなったんだよ」

真田さんは、さらっと言ったが、あたしはその言葉の重さに聖さんと二人で息を呑んだ。

「え？　どうして、なんで？」

「中学二年の時に、事故でね」

寂しそうに真田さんは外に目を向ける。

「あの娘《こ》……ものすごい園芸バカで、いつか、誰も見たことがない品種を作るんだって張り切ってて……って。あ。ごめん。知らない人間の話などされても迷惑なだけだね」

あたしたちの視線に気付いた真田さんは話を途中でやめようとするが、聖さんが首を振った。

「そんなことないよ、ね。環ちゃん！」

あたしが頷くと、真田さんは泣きそうな顔になった。

「……二人共ごめん」

突然の真田さんの謝罪に、聖さんと驚いていたら――

「実は、あの娘《こ》と最後に旅行したのがこの場所だったんだ。近くに温泉の熱を利用した温室があるって言ったら飛びついてきてね。お風呂にだって一緒に入った……」

真田さんはずっとここに来るのが怖かったのだという。ルームメイトの死をあらためて思い知らされる気がして、長い間ここに足を運べなかったらしい。

いつまでもそれではいけないと、夏期講習を機に別荘を訪れる決心をしたまでは良かったが、やはり一人では足を運べず、あたしたちを誘ったということだ。

あたしは真田さんの告白を無言で聞いていた。隣の聖さんも珍しく神妙にしている。

やがてひとしきり語ったことでスッキリしたのか、真田さんは顔を上げて笑った。

「本当にごめん。こんな湿っぽい話をするつもりはなかったんだけど」

「そんなことないよ。あたしは聞いて良かったと思ってる」

そう言ったあたしを真田さんはどう思ったのだろうか。一瞬驚いた顔をして、次の瞬間、顔をクシャリと歪《ゆが》めた。

「ありがとう。……あの娘のことを誰かに話せる日がくるとは思ってなかった。すごく嬉しい」

「そんな。湿っぽいとか思わないから、どんどん話していいんだよ」

聖さんも彼女なりに真田さんを励ます。しかし、真田さんは首を横に振った。

「いや、今回限りでやめておくよ。でも、迷惑ついでに頼みがあるんだ」

「え？　なんでも言ってよ。あたしにできることならなんでも！」

どんとこい、と安請け合いする聖さんに真田さんは苦笑しながら、口の前に人差し指を立てた。

「さっきの話、誰にも言わないでほしいんだ。……特に円の前では、お願い」

「え、円くん？　なんで？」

「それは……」

聖さんの疑問に、真田さんは口ごもり、なぜかあたしに視線を向ける。

その視線の意味がわからないまま、真田さんを見つめ返すと、彼女は躊躇《ためら》いながらも、話してくれた。

「その子ね、円の恋人だったんだ」

事情を察した聖さんが息を呑んでいる。

あたしの視線は水面の上を彷徨《さまよ》った。脳裏に一枚の写真が思い浮かぶ。

セピア色のそれには、ちょっと情けない雰囲気のメガネの男の子とツインテールの少女が笑みを浮かべて写っている。

男の子は中学時代の紅原であり、ツインテールの少女は真田さんのルームメイト。

少女の名前は寺島静《てらしましずか》。彼女は紅原ルートの最重要キャラクターであり、そして――

紅原が自ら殺した恋人だった。

殺したといっても、もちろん紅原が彼女の死を望んだわけではない。やむを得ない状況に陥《おちい》って手を下しただけだ。

寺島静は身体がひどく弱かった。彼女は紅原と出会い、彼を好きになるが、吸血鬼である紅原と一緒にいるには吸血鬼の花嫁にならなければならない。その儀式に、寺島静は堪《た》え切れなかったのだ。

人間を吸血鬼の花嫁に変化させる儀式とは、特殊な加工をされた吸血鬼の血をその身に取り込むことだ。体内に取り込まれた吸血鬼の血に馴染めば、彼らの子供を産むことができるようになる。一方で、吸血鬼の血が身体に合わず、拒絶反応を起こす人間もいる。その場合、取り込んだ血が体外に全て排出されるまでの間、高熱に苦しむことにはなるが、その後は普通に人間として生活ができる。

しかし、そのどちらでもない人間がいる。それが寺島静だ。

血に馴染むこともできず、拒絶反応を乗り越えることもできなかった彼女は、血の毒性に負けて吸血鬼化してしまった。

吸血鬼化とは、普通の人間が吸血鬼の血液に触れることで起こる現象だ。人としての精神を壊され、血を求めて無差別に人を襲う化物となってしまう。一度、吸血鬼化した人間を救う術《すべ》は存在しないとされ、その殺人衝動を止めるには殺すしかない。

紅原には、殺人鬼と化した恋人を殺すしか選択肢がなかったのだ。理性を失った寺島静に攻撃され、自身も大怪我《けが》を負いながら、彼は彼女の喉笛《のど》を噛《か》み切った。

あまりにも凄惨《せいさん》な話だ。しかし悲劇はそれだけではなかった。

紅原は恋人を手にかけたことで、精神を病《や》んだ。

五月に香織の家に帰省した時、紅原とも親しい雲坂《くもさか》先輩が言っていた「紅原の精神が不安定だった時期」というのは、このころの話だろう。

自殺未遂を起こすほど病んだ息子を心配した紅原の母は、強大な力を持つ夫に頼み、寺島静に関する息子の記憶を封じてもらった。おかげで紅原の精神は持ち直した。

しかし、歴代最強とも言われる吸血鬼だった紅原の父が静の記憶の消去に手を貸したことで、周りの吸血鬼もそれに倣《なら》った。吸血鬼の花嫁である真田さんを除き、寺島静に関わった全ての人間から、彼女の記憶を消してしまったのだ。

万に一つでも、紅原が亡くなった恋人を思い出さないように。

そして紅原は、今に至るまで自分に恋人がいたことを忘れている。

当然、彼は恋人の死を乗り越えたわけではない。むしろ年月が経《た》ってしまった分、その深層で治療もされず放り出された傷口は少しずつ広がっている。

ゲームシナリオでは、彼が聖さんに恋をすると、その恋心が刺激となり、記憶の封印が解けかかる。しかし、紅原自身は、その記憶に堪えられるだけの精神の強さを持っておらず、自己防衛のため、無意識に恋心ごと聖さんの記憶を失ってしまう。記憶を失い冷たくなった紅原に、聖さんはそれでも誠実に向き合う。さまざまな障害を乗り越え、二人の絆が深まると紅原は記憶を取り戻し、最後に二人は両思いになる。

紅原ルートはそういう流れだ。

あたしは、のぼせて少しぼんやりしてきた視界で、そっとヒロインを盗み見た。

球技大会の後、紅原と寄りそっていた光景が思い浮かぶ。

あれから、紅原と進展はあったのだろうか。

聖さんは紅原ルートに進むのだろうか。

あたしは湯船の中で膝を抱《かか》えた。

一学期の終わりまでは、副会長ルートに進むのだと思っていた。

学園壊滅エンドのある副会長ルートは危険で、聖さんには人を大きく巻き込むようなバッドエンドの存在しない安全な攻略対象を選んでほしいとずっと思っていた。

だがここに来て、まさかの紅原ルートが最有力とは。

紅原ルートは彼の精神が主な障害となって物語が進行するので、死者が大量に出るようなエンドが存在しない。ハッピーエンドになれば周りから祝福され、順風満帆《じゅんぷうまんぱん》な未来が二人を待っている。

まさにあたしの理想通りの展開。

なのに、まったく嬉しいとは思えなかった。

なぜ喜べないのだろう。あたしの望みは平穏な学園生活と、より多くの幸せであるのに。どうして――

「ねえ、環ちゃん。なんだかぼうっとしてるけど大丈夫？」

突然近くで聖さんの声が聞こえた。いつの間にか自分が聖さんを見ていなかったことに気付く。

あたしを忘れてしまった紅原。彼はいずれ聖さんのことも忘れるのだろうか。

でも、きっと彼女のことは思い出す。

あたしとの大したことのない思い出など記憶から消去して、あたしの存在をまるごと否定したまんまでも。

ああ、なんだか目の前がクラクラする。視界が白く歪《ゆが》んでいった。

「え？　ちょ、環ちゃん、大丈夫？」

霞《かす》む景色の中で聖さんの声が聞こえたが、もはやあたしには何もわからない。

闇に閉ざされるように、あたしの意識は混濁《こんだく》したまま、やがて消えた。

◇◆◇

「気が付いた？」

目を開けると紅原がいて驚いた。

慌てて飛び起きようとしたが、途端に目が眩《くら》んでまた倒れてしまう。

「ああ、そのままで、ええって。風呂場でのぼせて倒れたらしいし、しばらく安静にしたほうがええ」

そう言われて、あたしは風呂場でのことを思い出す。

どうやらいろいろ考えている間に長湯していたらしい。おそらく、寝不足もあってのことだろうが、倒れるなんて、何やってんだか。

頭はぼんやりしているが、とりあえず、こっそり自分の服装を確認する。

そっとかけ布団の下の身体を見ると、きちんと浴衣が着せられていて、ホッとした。

倒れた場所が場所だけに気になったのだが、あたしの動作に気が付いた紅原は慌てて説明する。

「一応言っとくけど、君に服着せたのは希たちや。俺は風呂場の外から部屋に運んだだけやから」

どうやら紅原にも迷惑をかけてしまったようだ。

「すみません。ご迷惑をおかけして……」

「いや、そんなことないけど」

それきり、なんだか気まずい空気が漂う。沈黙が重い。黙っていると余計気まずくなりそうで、あたしは紅原を見上げて、聞いた。

「あの、この部屋は……」

周囲を見回すと、そこは白漆喰《しろしっくい》で塗られた綺麗《きれい》なツインルームで、ホテルの一室のような空間だった。あきらかに合宿所の部屋ではない。

紅原は、ここが真田家の別荘の一室であり、合宿中に彼自身が使っている部屋だと教えてくれる。合宿所の部屋数が足りないため彼はこの別荘に——そして黄土兄弟もまた近くの自分たちの別荘に滞在しているらしい。

今回合宿に参加している月下騎士会のメンバーは紅原と黄土兄弟、さらに引率の桃李だが、なんと最終日のお茶会には会長と副会長が合流する予定になっている。

真田さん曰《いわ》く、夏期講習に月下騎士会が全員そろうのは前代未聞のこと。これは絶対、いつかの登校時に聖さんが副会長に『全員でお出かけ』を焚《た》きつけたせいだろう。

あたしはその話に副会長の執念を感じた。

不可能を可能にする男——緑水絆、恐ろしい人物だ。

まあ、それはともかく、異例の事態に参加希望者が増えたため、合宿所の部屋数が足りなくなり、紅原は急遽《きゅうきょ》こちらに移ったそうだ。月下騎士と同じ屋根の下とはしゃいでいた女子生徒たちのことを思うと、なんとも言えない複雑な気分になる。

「そういえば、聖さんと真田さんは……」

「二人なら隣の部屋におるよ。利音ちゃん、君のこと心配やから帰りたない、って駄々《だだ》こねてな」

紅原の口から聖さんの名前が語られるとなんだかモヤモヤしてしまう。

「けっこう遅くまでがんばってたんやけど、ちょっと前に寝てもうた。多岐さんも気にせんとそのまま寝て」

時計を見ると、もう深夜になっていた。

「っ、もうこんな時間！　あたし、合宿所に戻らなきゃ」

すでに消灯時間も大きくすぎているだけに、入れてもらえるかはわからない。それでも帰らなければ、と立ち上がろうとしたが、紅原に布団に押し戻された。

「いや、だから。もう遅いし、ここで寝ときって。今夜はここ君が使ってええから」

「でも紅原様の部屋ですし、それは……」

「俺はリビングのソファで十分やし。ほんま、気にせんで。それじゃ、俺がいてると落ち着かへんと思うから、行くわ」

もともとちょっと様子を見に来ただけやから、と部屋を出ようとする紅原を引きとめなければ、と焦る。

部屋の主を追い出すとかないから。

しかし、思いとは裏腹にあたしの身体はまだ動かない。

あたしがベッドを占領しちゃってるので紅原は休めないし、どうしたら良いのかと再び部屋を見回した時、部屋のある場所が目に留まった。

「ちょっと待ってください！」

今にも立ち去ろうとする紅原の裾《すそ》を掴《つか》んで、引き止めた。

「……何？　結構遅い時間やし。俺、そろそろ寝たいんやけど」

「じゃあ、部屋で寝てくださいよ」

そう行って指さしたのはあたしの寝ているベッドの横にあるもう一つのベッドだ。

この部屋はツインの洋室だった。

「もともと、紅原様の部屋ですし、追い出すわけにはいきません。寝るならここでどうぞ」

「いや、女の子と一緒の部屋で寝るとか、さすがに……」

「別にあたしを女子扱いしなくて結構です」

「いや、多岐さんは女子やろ」

まあ、確かに生物学上では女だけどね。

でも女子扱いされたいわけじゃないし、配慮は無用。

そんな気遣いは聖さんにだけ向けていればいいのだ。

再び思い出す、二人の仲睦まじい姿。

あれこそ、紅原の本当の姿なのだ。あたしのことは気にせず、聖さんにだけ優しくしていたらいい。それとも彼女に誤解されるのが嫌だから言っているのだろうか。

「安心してください。もう少し休めば動けるようになると思うんで。そしたら早めに出て行きます」

変な誤解を受けそうならちゃんと聖さんに説明するし、と思っていたら、紅原は顔を顰《しか》めた。

「だから、そういう問題やないって。気にせんと、朝までゆっくりしたらええやん」

「でもそれじゃ、紅原様が安眠できないのでは？」

「だから俺は出ていく言うてるやないか」

「それはダメですよ。ここは紅原様の部屋なんですから」

結局、最初の話に戻ってしまった。

「だったら、やっぱり今出ていきますよ」

そうすれば全てが解決、と立ち上がりかけると、クラリと目眩《めまい》がする。

ベッドから落ちかけたあたしを紅原が抱《かか》えた。

「ほら、言わんこっちゃない」

クラクラする視界の中では布団に戻るしかなく、反論のしようもない。

うう、口惜しや。

「じゃあ、今度こそ俺は行くから、ゆっくり休んで」

紅原は布団を軽く叩《たた》いた後、扉に向かう。

だが、諦めきれないあたしは必死で上体を起こして手を伸ばした。

「っ、……多岐さん？」

振り返り、呆れたような声で名を呼ばれるが、構うものか。

あたしは紅原の服の裾《すそ》をギュッと引っ張った。

「ここで寝てください。でないと離しません」

困らせているだけだと自覚はしているが、部屋の主を追い出してのんきに寝ているなどあたしの良心が許せないのだ。

「約束するまで絶対離しませんから」

「……あのさ、自分が今何やっとるかわかってる？」

「わかってますよ」

動けもしないくせに、つまらないことにこだわってるんだとわかっている。

脳裏にちらつくのは、球技大会後のあの出来事。

あれがヒロインとモブの扱いの歴然とした差だ。

紅原がモブ女のいうことなど聞く義理がないのはわかっているが、それでも少しくらいはあたしの言うことを聞いてくれてもいいではないか。

なんとか妥協してもらえないかと紅原をじっと見上げれば、なぜか視線を逸《そ》らされた。

「わかってへんやろ？　それ絶対」

珍しく苛立《いらだ》ったように舌打ちした紅原に、あたしは不安になる。

紅原を怒らせたんだとわかり、怖くなって目を伏せたが、服の裾からは手を離せなかった。

「わかってますってば。子供っぽいことをしてるのは」

主人公以外の女の言うことなんて聞きたくないのはわかる。でも――

「そんなにあたしと一緒の部屋が嫌ですか？」

そういう意味やない、と紅原はイライラした様子で顔を歪《ゆが》める。

「君な、もう少し危機感持ったほうがええ。そんなんやから翔瑠に誤解される」

なんでここで翔瑠の名前が出るんだろう。

「今、翔瑠様は何も関係ないでしょ？」

「関係あるやろ！　親衛隊に誘われてたくせに……あ」

な、なぜそれを……。いつのを見られてって、それよりも！

「あの、誤解しないでくださいね。翔瑠様のあれがおふざけなのはわかってますから」

「おふざけって、あいつが？」

「あるいは同情というか。大したものじゃないんですけど、前に学校で嫌がらせを受けたのを見られていて、きっと心配してくれたんだと……」

ついでに口止めの意味も大いにあるだろうが、それについては口にできない。

「それで、君は……」

「もちろん、お断りしましたよ」

いくら翔瑠様が子供で親衛隊の重要性がわかっていないからって、そこにつけこんでいい話じゃない。

「どちらにしても、翔瑠様があたしに特別な感情を抱いてるかも、なんて勘違いしはしていませんから」

誤解されないようきっぱり言い切れば、なぜか紅原はウンザリとした顔をした。

「……なんや、翔瑠の言うてた意味わかった気がする」

「は？」

「君、何もわかっとらんよ、それ」

あたしが何をわかっていないというのか、紅原の言葉の意味をはかりかねて少しムッとしていると、影が差した。

「今だって俺がどんだけ我慢してるか、まったくわかってへんやろ」

我慢って何をよ、と顔を上げた瞬間、至近距離に紅原の顔があって驚いた。

気が付くと、掴《つか》んでいたはずの布の感触もいつの間にか消えている。

紅原は、わけがわからず固まっているあたしの肩を押す。

その力は思いのほか強く、あたしは上体を支えきれず、仰向《あおむ》けに倒れた。

後頭部に枕の感触を感じたと思ったら、紅原の顔越しに天井が見える。

「へ？」

何が起こっているのか。

呆然とするあたしの頬《ほお》に両手を当て、紅原は意地の悪い笑みを向けてくる。

「その顔、まだわかってへんね？」

確かにわからない。なんなんだ、この状況は。

ただ、なんとなく紅原が怒っているのだけは感じた。

一体何が気に障ったのか。

混乱するあたしの目に、ふいに笑った紅原の牙《きば》が映る。

人にはない、鋭くて大きな牙だ。

それを見た瞬間、あたしの中でフラッシュバックが起きる。

蘇《よみがえ》る誘拐事件の記憶。

抵抗もむなしく、容赦なくあたしの血を奪う会長と紅原がダブって見える。あたしは重なる二つの影に翻弄《ほんろう》された。

「……っ、やだっ！」

恐怖に襲われ、紅原の身体を押し返す。

しかし、所詮は人間の力。紅原は突然のあたしの抵抗に驚きはしたものの、僅《わず》かに後退するだけだ。

圧倒的な吸血鬼の力にあたしはさらなる恐怖に駆《か》られ、どうにかして逃れようと、全身を動かして暴れた。

「離して、やだっ!!」

「っ……ちょ、多岐さん？」

暴れはじめたあたしを紅原が押さえつける。

だが、その力がなおさら怖くて、あたしは無我夢中であがいた。

先日会長に会った時と同じように、恐怖の波が押し寄せ感情のコントロールができない。

押さえつけてくる腕の感覚が恐ろしくて、逃れたくてあたしはむちゃくちゃに全身を動かした。

「離して、離して！　いやぁ！」

「落ち着き！」

叱責《しっせき》と共に、手を掴《つか》まれ、動きを封じられる。

その際、手首にチクリとした痛みが走った。

あたしは紅原の手を振り払い、身をよじって逃れようとしたが、その前に、全身の力が抜けた。

一体何が起こったのか。先ほど痛みを感じた手首が熱い。

その熱は手首だけにとどまらず、全身に広がっていく。経験したことのない感覚に気味の悪さを感じ、あたしは喘《あえ》いだ。

熱は身体を支配していき、さらに意識までのっとろうとしている。

意識を手放したら最後、二度と取り戻せないのではないかという恐怖に、あたしは恥も外聞もなく泣きじゃくった。

「怖い……、怖いよお……」

「怖ない、怖ないよ？」

ごめん、ごめんなと頭を撫《な》でる優しい手を感じて、あたしは思わず溺れる人間のように目の前の体温にすがりつく。

すると、全身を包み込むように抱き締められた。

あたしは、一瞬びくりと身を竦《すく》ませたが、優しく背中を叩《たた》く手のリズムに全身の力が抜けていく。

「ここは安心や。誰も君を傷つける者なんておらへんよ。だから大丈夫、落ち着いて」

大丈夫、大丈夫と何度も言い聞かせられ、だんだん落ち着いてきた。

いつの間にか先ほどの熱は柔らかな温もりに変化して、再びあたしの意識を侵食する。

しかし今度は抵抗したいと思わなかった。

怖くない。大丈夫。ここは安全だから、安心して眠って。

囁《ささや》かれる声にいつしか恐怖は溶けて消えた。

温かくて、優しい手つきはどこか遠い昔の記憶を蘇《よみがえ》らせる。

撫でてくれる手の感触もなぜか懐《なつ》かしい。

その記憶を追いかけるようにあたしは意識を手放した。

◇◆◇

嗚咽《おえつ》混じりの声が、やがて規則正しい寝息に変わる。それを確認して、紅原はそっと環の背中を撫《な》でていた手を止めた。

そろり、と腕の中の彼女をベッドに横たえる。

その間、環はピクリとも動かない。深く眠っているのだろう。ベッドに寝かせ、毛布をかけた。

毛布からはみ出た彼女の手首には二つの穴のような傷がある。

先ほど紅原が噛《か》んだところだ。吸血鬼の牙《きば》からは催眠と鎮静の効果がある体液を分泌される。

暴れる環を押さえるためとはいえ、無断で噛み付いてしまったことを後悔した。

ベッドの縁《ふち》に腰かけ、未だに血の滲《にじ》むその手を取る。

とっさに噛み付いたため、止血ができず、そこから流れ出た少量の血液が手首から腕に伝っていた。

紅原は環の腕を持ち上げると、流れる血に唇を寄せ、丁寧に舐《な》めとる。シーツを汚さないように、という言い訳が脳裏をかすめて苦笑いした。

言い訳をする必要がある相手は眠っているので意味はないのに。

舐めとる血液は甘い。

その甘さに言い訳すら忘れて、本能のまま貪《むさぼ》りそうになった。

だから、恐怖に怯えた環の泣き顔を思い出し、衝動を抑える。

止血のため、最後に辿《たど》り着いた傷口を少しだけ強めに吸い、唇を離した。

だが、手は離しがたく、握ったまま紅原は環の寝顔を見下ろす。

環の顔は今は穏やかだが、頰《ほお》に残る涙の跡は痛々しい。

その涙の跡を見ながら、紅原は自分の中にどす黒い怒りの感情が溜まっていくのを感じた。

環の見せた反応には心当たりがある。

吸血鬼に血を吸われたことがある人間が示す反応だ。

吸血鬼は血を得る際、相手の首筋に噛《か》み付くが、どの生き物にとっても首は急所だ。

そんな場所に牙《きば》を突き立てるのだから、吸血には相手からの同意が重要。自分の急所をさらしてもいいと思われるぐらいの信頼を得ていないといけないため、吸血行為は伴侶か恋人の間でのみというのが多くの吸血鬼の通例になっている。

しかし、中には人間を餌としか見ていない吸血鬼も少ないながら存在するのだ。

そういった輩《やから》は、相手の同意を得ず、力任せに無理やり血を奪う。血を吸われた人間にとって当然その経験は恐怖でしかなく、首筋についた傷は牙にある治癒効果ですぐにふさがるものの、心的外傷《トラウマ》を負う。

環は怯えはじめる直前に紅原の口元を見ていた。おそらく笑った瞬間に見えた牙に怯えたのだろう。

錯乱して暴れる環の様子は吸血行為、吸血鬼に対する拒否反応としか思えない。

彼女の許しを得ずに吸血した吸血鬼がいる。

一体、どこの誰だ。腹立たしく思うが、その相手に思い当たるものがあった。

環とはじめて出会った、朝。彼女を抱《かか》えて運んでいる最中、紅原に言われるまま身体を寄せてきた彼女からとある香りがしたのだ。

吸血香《セフォラ》。それは吸血鬼が血を吸った際、相手に移る残り香のことだ。花の香りに似たそれは、通常の人間にはわからない特殊な匂いらしく、吸血鬼のみが嗅《か》ぎ分けられる。

この香りにより他の吸血鬼は、その人間には血を与える相手、つまりは恋人や伴侶がいることを知る。言ってみれば一種のマーキングのようなものだ。

そのため、てっきり環には吸血鬼の恋人がいるのだと思って、ひどく落胆したことを覚えている。すでに守ってくれる相手のいる少女を他の男から救ったのだと思ったから。

あの朝、黄土兄弟に絡まれている環を見かけた。

統瑠ではなく、翔瑠が女子に絡んでいることが珍しくて、興味を持ったのだ。

見たことのない少女。特別な容姿をしているわけではないが、なぜかひきつけられて、気付いた時にはすれ違いさまに攫《さら》っていた。

そんな彼女にはすでに恋人がいたのだ。

それが妙にショックだったが、どうしてそこまでショックを受けたのかはわからない。

だが、恋人がいるからといって、体調が悪い少女をその場に放置していくことはできなかった。

彼女はひどく顔色が悪く、血を吸われた後、適切な処置を受けていないのがあきらかだ。

人間は吸血鬼の血液に触れると、それだけで理性を失い吸血鬼もどきと化す。

それほど吸血鬼の血は人間にとって猛毒だ。

そして血液ほどではないが、吸血鬼の体液も人間にとって毒となりえる。

血を吸うという行為は同時に吸血鬼のだ液を傷口から相手の体内に与えてしまうことになり、傷が癒《い》えても体調を崩すことは多々ある。

もちろん、吸血行為のたびに恋人の体調が崩れることを望む吸血鬼などいない。吸血行為による体調不良を防ぐ方法は古くから研究されている。

かつては『毒吸い』と呼ばれる方法がとられていた。吸血する際に意識して毒素も吸い出すことで、体調の悪さを軽減させるのだ。さらに、現在では薬が開発され、吸血鬼のだ液による症状を完全に抑え込むことができる。

環には『毒吸い』も薬を服用させられている様子もなかった。

苦痛を強いる彼女の相手を殴り飛ばしてやりたかったが、どこの誰とも知れない。

紅原にできることといえば、彼女の体内に入った毒を消すために、保険医に薬の処方を頼むことくらいだった。

裏戸学園には吸血鬼専門の医者が常駐しており、あの時はそちらを頼って、一般生徒を連れて行くことが禁止されている第二保健室に彼女を運んだ。

……本当はあの時、いっそその場で毒吸いをしてやろうかと思った。

力が弱いといっても、紅原だって吸血鬼だ、それくらいはできる。

紅原に身を預ける環は、ひどく無防備で、簡単に首筋に噛《か》み付けそうだった。真田がいたので思いとどまったのだが、それでよかったと今になって思う。

あの時の香りの残り具合からして、彼女は無理やり血を奪われて間もなかった。

そんな彼女に牙《きば》を突き立てれば、きっと心の傷を抉《えぐ》ることになっていただろう。

環の頬《ほお》に触れ、涙の跡を柔らかく拭《ぬぐ》う。そういえば、環の涙を見るのははじめてではないことを思い出す。

あの朝、彼女に保健室から追い出されたものの、どうしても環が気になってもう一度だけ、様子を見に行ったのだ。

彼女は眠りながら泣いていた。

悲しい夢を見ているのか、「名前を呼んで」と繰り返す彼女の手を取って名前を呼んだ。するとますます泣かれたが、しばらくすると寝顔は穏やかになった。

同時に、寝ている女子に勝手に触れた罪悪感が湧き、小声で彼女に謝ると、その場から逃げ出してしまったのだ。

そして、今日。あの時とは違い、環を泣かせてしまったのは紅原自身。

怖い怖い、と震えて涙を流し続ける弱々しい環の姿に胸が締め付けられた。

抱き締めても怯えるように身を竦《すく》める彼女の様子に、冗談半分で彼女を押し倒してしまった自分を殴りたい気分にかられた。

とはいえ、彼女にも問題があったと言い訳したい。

はじめて会った時にも思ったが、環は自分に魅力がないと信じているようだ。

だから翔瑠の親衛隊への誘いに見向きもしなかったのだな、とぼんやり思い出す。

昼間に合宿所で立ち聞きしてしまった翔瑠と環の会話。

最初から聞いていたわけではないので全部の会話の意味はわからなかったが、環を親衛隊に、という翔瑠の真剣さだけは伝わってきた。だというのに、環は翔瑠の好意に全く気付きもしなかった。

さすがに翔瑠を不憫《ふびん》に思ったが、立ち聞きしていた紅原に、彼女を責めることはできない。

環は紅原も自分を女子と見ていないと思っているようだ。

彼女は、自ら子供っぽいと称した行動が男にとってどう映るかなんて考えもしない。

風呂あがりの上気した顔というだけでもかなりやばいのに、上目遣いで服を引っ張るとか、破壊力抜群で困った。洗いたての髪からは良い匂いがして、ほんのり石鹸《せっけん》の香る肌も恐ろしいほど魅惑的だ。

どこをどう見ても環は魅力的な女の子なのに、本当にこの娘《こ》は無防備すぎていけない。

まさか、同じことを他の男にもやっているのでは、と思うと心配になってくる。

（……いや、少なくとも一人にはしとるんか）

彼女に吸血香《セフォラ》を付けた吸血鬼。

もしかして翔瑠かと思ったのだが、環が翔瑠に普通に接している時点で違うのだと判断できた。

これほど吸血に怯えているのであれば、その恐怖を植えつけた相手を怖がらないわけがない。

一体誰だというのだ。そもそも環は、こんなひどいことをする男を本当に好きなのだろうか。

そこに至って、ようやくある可能性に気付く。

環から無理やり血を奪った吸血鬼がいたのは間違いないだろう。しかしそいつが彼女の恋人であるとは限らない。紅原にとって血をもらう相手は伴侶か恋人以外にありえないが、行きずりの人間から血液を奪う吸血鬼もいる。

彼女に吸血鬼の恋人はいないのかもしれない。

恋人でもないのに環にあんな手ひどい吸血をした男への憎悪は増すが、彼女の隣に立つ男の不在という考えは紅原の心を浮き立たせた。

ならば、自分にもまだ可能性はあるのだろうか。

（……可能性？　なんの？）

自分の心に浮かんだ問いにさらなる疑問が浮かぶ。

自分は環の恋人になりたいのだろうか。まだ会って数ヶ月、今回を含めて二回しか会っていない彼女の恋人に？

――ズキリ。

頭に走った痛みに紅原は顔を顰《しか》めた。脳を締めつけられるような痛みに目を閉じる。

まただ。環のことを考えるたびに頭痛に襲われるようになっていた。

頭痛の度に紅原は誰かから責められているような感覚に陥《おちい》る。

早く思い出せと責める誰かと、思い出してはいけないと叫ぶ誰か。

混ざり合う二つの思いが澱《おり》となり、ズブズブと全身が沈むような感覚に襲われる。身体まで少しずつ重くなり、疲弊を感じはじめた。

ふいに握ったままだった環の手に力が加わった気がした。

もしかして起きたのだろうか。驚いて環の顔を見るが、相変わらず目覚める気配はない。

安堵《あんど》と共に少しがっかりしている自分に気付き、苦笑する。

いつの間にか底なし沼のようにまとわりついていた黒い澱《おり》が頭の中から消えていた。

つないだ手を見ると、細く小さな手が見える。その手があの暗い思いから自分を救い出してくれたように思えた。

環にそんなつもりがないことはわかっているし、手を握り返してくれたと思ったのも気のせいだ。

それでも、紅原はこの手に救われたという思いに満たされる。

感謝の念を込めてそっとその手にキスを落とした。

「……ん……」

それがくすぐったかったのか、環が身じろぎをした。乱れた夜具から覗《のぞ》く白い柔肌にどきりとする。

くせのない髪がシーツに広がり、肌の白さをより強調しているように見えた。

艶《なまめ》かしい光景に、思わず喉《のど》を鳴らしてしまい、紅原はハッとする。

ここにずっといたらどうにも理性がもたない。

紅原は環に布団をかけ直すと、逃げるように部屋を後にした。

イベント6　試練

とうとう、合宿も明日で最終日となった。

講義はこの日が最後。全ての講義が終わった時には、合宿所内は閑散《かんさん》としていた。

課題とテストを乗り越えられなかった多くの生徒が脱落していったせいだ。

筆記具を片付けていたら、少し離れた場所で固まっている女子たちの会話が聞こえてきた。

「ようやく、終わったわね。長かった～」

「本当。でも、本番はむしろこれからよね」

「ええ、明日はいよいよお茶会ですものね！」

月下騎士との交流イベント、通称『お茶会』。

この夏期合宿の目玉というべきイベントである。

「今回の主催者は真田様よね。一体どのような会になるのかしら」

「開催は夜と通知がありましたけど、何か星に関係するものではなくて？」

予想話に花を咲かせる彼女たちの会話に、ご明察と心の中で返答する。

明日のお茶会は星空の下で天体観測しながら食事するという形式《スタイル》だと聞いていた。

招待客となる一般生徒は席につかせ、そこに月下騎士が星の解説をしながら回るらしい。

なんでこんなことを知っているのかと言えば、あたしが主催者側の人間だからだ。

お茶会は基本、親衛隊が主催することになっているのだが、今回夏期講習に参加した親衛隊は真田さんと天城さんだけ。手が足りないので手伝ってほしいと頼まれたのだ。

あまり月下騎士会には関わりたくないけど、真田さんには別荘で迷惑をかけた手前、断れなかった。

お茶会自体は明日の夕方からだが、準備は前日から行われる。

最終講義を選択していなかった聖さんはすでに準備に駆《か》り出されており、あたしは講義が終わり次第合流することになっていた。講義のあと、紅原が合宿所の部屋に迎えにきてくれることになっているのだが、講義室を出て部屋に向かうあたしの足は重い。

真田さんが忙しいので代理で紅原がくることになったらしいが、なぜよりにもよって彼なのか。

真田家の別荘に泊まった翌朝、目覚めると紅原は部屋にいなかった。その後、彼に遭遇しないで済んでいたのだが、部屋を占領してしまった罪悪感と眠る前の醜態《しゅうたい》を思い出すと紅原に会うのがものすごく気まずかった。

あまりはっきり覚えていないのだが、なんか泣いてしまった気もする。

泣き顔を見られるとか、ものすごく恥ずかしい。できれば会いたくないけど、どこに手伝いに行けばいいのかわからないので、部屋に戻らないわけにもいかない。

溜息《ためいき》を吐《つ》きながらぼんやり歩いていたら、いつの間にか自室に辿《たど》りついていた。

部屋の前には誰の姿もなくホッとするが、そのうち紅原が訪ねてくるだろう。

部屋の中で待とう、と扉を開けると、紙切れがひらりと舞い落ちた。

どうやら、扉に挟まっていたらしい。紙には『ここまで来てほしい』という趣旨の言葉と簡単な地図が書かれていた。

宛名も差出人の名もないが、紅原だろうか。

走り書きのようなメモに、そんなに忙しいのかと心配になる反面、彼と顔を合わせなくて済んだことにホッとした。

あたしは自室に荷物を放り込んで、メモに書かれた場所に向かう。

「……あれ？」

指定された場所は合宿所の裏手の林の入口だったのだが、そこには誰もいなかった。

地図を見間違ったのかと思い、メモを取り出した時、鼻と口を布のようなもので塞《ふさ》がれた。抵抗もできず、あたしの意識はすぐに闇に落ちたのだった。

◇
◆
◇

目を開けるとそこには星空が広がっていた。

野外にいるのかと思ったが、大きな天窓から空が見えているのだとわかる。

上体を起こして周囲を見回すと、そこは八畳ほどの床《とこ》の間付きの和室だった。間接照明だけの薄暗い部屋の中で、あたしは部屋の中央に敷かれた布団に寝かされていたようだ。和室に天窓なんて奇妙な造りの部屋など当然見覚えはない。

気を失っている間に運ばれたのだと理解し、あたしは自分の迂闊《うかつ》さを呪った。

いくら聖さんの転寮予定日まであと少しとはいえ、あたしはまだ主人公のルームメイトだ。

死亡フラグは立ったまま。

それなのに誰が書いたかもわからないメモに従い、人気のない場所にのこのこ行くとはどういうことか。いくら紅原に会わなくて済んだと浮かれていたにしても、警戒心がなさすぎる。

あたしを攫《さら》った犯人の目的はなんだろう。あたしを攫って得する人間がいるとは思えない。

月下騎士ファンの女子生徒の嫌がらせにしては、こんな部屋を用意するとか手が込みすぎているし、布団に寝かせるなんて丁重な扱いも不可解だ。

だって、前回はカビ臭い地下牢の石床に転がされてたんだよ。

ヒロイン補正があるなら不思議ではないけど、モブの扱いとしては丁寧すぎる。

ならば、考えられる可能性は一つしかなかった。

聖さんと間違われたのだ。

聖さんならヒロインだし、《古き日の花嫁《ラ・マリエ・ダンタン》》なんていう特殊な存在なので、誘拐されても不思議ではない。

メモがあった部屋は聖さんのものでもあるし、その可能性は十分に考えられた。

だとしたら、あたしはどうすればいいだろう。

攫われたのはあたしであり、捕まって閉じ込められているのも結局あたしである。

ヒロインの代わりといっても、そのヒロインがいなくなっていない以上、攻略対象たちが助けに来るとは到底思えないし、《古き日の花嫁》でもないので人違いだとわかった時点で殺される可能性は高い。

自力で逃げるしかないだろう。

あたしは脱出路を求めて部屋を探索することにした。

まず、部屋で唯一の出入口である襖《ふすま》の外をそっとうかがう。

そこに人の気配はなく、部屋のすぐ外は玄関のようだった。

玄関は擦《す》りガラスの引き戸で、外から自分の影が見えてしまうので、近づくのは得策ではない。どうせ外から鍵がかかっているに違いないから、逃げるのは諦めたほうが良いだろう。

そう考えてあらためて部屋の中を物色する。近くに誰かいた時のためにあまり大きな音は立てられず、できることは限られていたが、それでも室内にある布団や掛け軸などをひっくり返すと、いくつかわかったことはあった。

まずこの建物にはこの部屋以外の部屋はない。さらに部屋についている窓は一つ。その窓は嵌《は》め込み式の天窓で手が届かないので脱出は不可能だ。外に通じていそうな出入口はやはり玄関のみ。

ただ一つ気になるものがあった。床の間に飾られた大きな掛け軸の裏に怪しげな出っ張りを発見したのだ。

いかにも怪しげで、押したら秘密の脱出路が現れそうな雰囲気ではある。

しかし、ここで考えなければいけないのはあたしの死亡フラグだ。

この出っ張りが脱出路のスイッチであれば最高なのだが、押した途端に致死性のガスが噴き出すボタンということもありえる。考えすぎかとも思うが、ここはあたしにとってのサバイバルゲーム『吸血鬼†ホリック』の世界だ。そう思うとなんでも起こり得そうな気がしてくる。

躊躇《ちゅうちょ》していたら、あたしの耳に遠くから近づく足音が聞こえてきた。

誘拐犯だろうか。一か八かに賭けて出っ張りを押そうと手を伸ばしかけたが、ふとあることを思いつき手を止めた。

聞こえてくる足音は一つきりで軽い。足音から想像すると相手は女か少年、うまくすればあたしでも押さえ込めるかもしれない。

この部屋の構造上、玄関から鍵を開けないと、部屋に入れない。

今ここに向かっている相手を一時的にでも行動不能にできれば、その隙に逃げられるのではないか。怪しげな仕掛けに頼るよりは玄関から逃げるほうが安全だろう。

そうと決まれば、あたしは唯一武器になりそうな布団を抱《かか》え、襖《ふすま》の陰に身をひそめた。犯人を待つ間、緊張でどうにかなりそうだったが、失敗は許されない。あたしは気を引き締めた。

そして勝負の時は訪れる。

小さな金属音の後、引き戸が開けられる音がした。瞬間、あたしは襖を開け、布団を掲げて相手に飛びかかる。

「つうわ！」

作戦は成功し、犯人は短い悲鳴を上げて布団ごとあたしの下敷きとなった。

もがく犯人にできるだけ布団を巻きつけたあと、あたしは外に向かって駆《か》け出す。

その際、布団ごと犯人を踏みつけてしまったが、緊急事態だから勘弁してほしい。

しかし、部屋を出ようとしたところであたしは何かに足を取られて転んでしまった。

布団から伸びた手に足首をがっちり捕らえられてしまったのだ。ぎゃああ！

とっさにもう一方の足で手を蹴りつけるが、外《はず》れない。

手も使って外そうと身を屈《かが》めると、今度は布団が覆いかぶさってきた。

布団に視界を塞《ふさ》がれて恐怖が増す。どうにか布団だけでも払いのけようともがくが、上から押さえつけられ逃げられなかった。

人生終了の鐘の音が聞こえたような気がした時だ。

「環ちゃん、落ち着いて！」

名前を呼ばれて、ハッとする。

思わず動きを止めたあたしに、相手は拘束を解くと、布団を外してくれた。

布団がなくなって一番最初に見えたのは髪を乱した翔瑠だった。

「翔瑠様がなんで、ここに……」

「……君が攫《さら》われたのに気付いて、助けに来たんだよ」

それなのに、まさか環ちゃんに襲われるとは思わなかった、とぼやかれる。

「ご、ごめんなさい。まさか助けが来るなんて思わなくて。でも、なんで鍵を……」

「外の見張りが持ってたのを拝借したんだよ」

「見張り……やっぱりいたんですか」

やはり玄関を探索しなくて正解だったと思っていると、翔瑠に怒られる。

「……わかってて、こんな無茶したの？　無謀すぎるよ」

玄関を抜け出せたとして、どうやって帰るつもりだったのか、とお説教されたが、確かにその後の展望はまるでなかった。

自分の浅はかさに穴があったら埋まりたい。

「でも本当、君が無事でよかったよ」

立てる？　と翔瑠が差し出した手を、少し迷ってから掴《つか》んだ。

お礼を言うと、彼はゆっくりとあたしを引き上げた。立ち上がり、ぶつかった目線にふと違和感を覚える。

しかし、その違和感の原因を考える前に突然、翔瑠に抱き締められた。

「か、翔瑠様、何を……？」

慌てて押し返そうとしたが、背中に回された腕は強くて振りほどけない。

もがくあたしに翔瑠はそっと囁《ささや》いてくる。

「……ねえ、環ちゃん。僕の親衛隊になってよ。親衛隊になれば、ずっと守ってあげられる」

こんなことが二度と起きないように守るからと言われ、またその話かと呆れてしまった。

「……その件はもうすでにお断りしたはずですけど」

なんでまた蒸し返すんだ、と非難の目で見ると、翔瑠は驚いたような顔をする。

まるではじめて断られたとでも言わんばかりのその反応を、いぶかしく思った。

「もしかして、忘れてたんですか？」

「っ……そんなことないよ。諦めきれないから、また誘ってるんじゃないか」

と言っても返事はイエス以外聞かないけど——今までになく強引にそう言った翔瑠。さらに違和感を抱いたが、どちらにしても同意などできない。腕に力をこめて翔瑠の肩を押しやった。

「嫌ですよ、親衛隊にはなりません。前にも言いましたけど、あたしはあたしを一番に考えてくれる人じゃないと嫌です」

「……環ちゃん、意外に理想主義《ロマンチスト》なんだね。いいよ、君を最優先にする」

あっさりとうなずかれて、あたしは唖然《あぜん》とした。

「な、何言ってるんですか。統瑠様や天城さんよりもあたしを優先できるのかって言ってるんですよ？」

「……わかってるよ？　君のことを一番にするから僕を選んでよ」

当然でしょ、と頷《うなず》く翔瑠に、本当にこれは翔瑠本人だろうかという疑惑が深まる。

しかし、別人と言い切るには、目の前の存在は翔瑠にしか見えなかった。それでも疑惑の目を向ければ、ほぼ同じ高さにある相手の余裕ぶった視線とぶつかって、ハッとする。

「迷う必要なんてないでしょ？　素直に頷けばいいんだ……っ！」

あたしは皆まで言わさず、相手の顎《あご》めがけて掌底《しょうてい》を突きだした。

夏休みの帰省中、香織に伝授された痴漢撃退の攻撃は綺麗《きれい》に決まり、相手はたまらず、のけぞる。

その隙にあたしを拘束していた腕から逃れるが、とっさに部屋側に逃げてしまったので、それ以上は逃げられない。

「……何するの？　環ちゃん、ひどい」

恨みがましい声に振り返ると翔瑠、いや、翔瑠の姿をした誰かが顎《あご》を押さえている。あたしは相手を睨《にら》みつけた。

「あなた、誰ですか？　なんのつもりで翔瑠様のふりをしてるの？」

「……何言ってるの？　環ちゃん。僕は翔瑠だよ」

まだとぼけるつもりか。悲しそうなその顔は翔瑠の顔そのものだけど騙《だま》されない。

「あなたは翔瑠様じゃない。翔瑠様はあたしよりも背が高かった」

球技大会の時すでに、彼の目線はあたしよりわずかに上だった。合宿所で会った時には見下ろされていたし、高校生男子の身長が数日で縮むはずがない。

「それに翔瑠様が統瑠様たちより誰かを優先するわけがない。……あなたは統瑠様なんじゃないですか？」

翔瑠より背が低くて、こんなことをしでかしそうな存在が他に思いつかず、半分カマかけのつもりで言えば、翔瑠の顔をした少年はにやりと口を歪《ゆが》めた。

「……思ったより気付くの早かったね。環ちゃん」

正体を当てられたせいか、あっさり認めたものの、統瑠は不満そうに口をとがらせる。

「ちぇ、もうちょっと引っ張れると思ったんだけどな。結構、髪の毛のセットも頑張ったし、顔でバレないように、部屋は暗くしといたし、軽く暗示までかけたのに。それでも誤魔化せないほど身長差ができちゃってるのか」

緊張感のないその姿に、ある推論が頭をよぎり顔がひきつった。

「まさかとは思いますけど、あたしをからかうためだけにこんな誘拐じみたことをやったとか言いませんよね？」

まっさか〜、と統瑠はいつもの無邪気な笑みを浮かべる。

「もちろん、全て本気だよ。環ちゃんを親衛隊にするために演出したんだ」

何を言われているのか全く意味がわからず、ぽかんとする。

「あれ？　その顔、信じてないの？」

「……いや、だって。統瑠様、あたしのことなんてなんとも思ってないでしょう？」

「確かに僕が好きなのは美香ちゃんだけどね」

しれっと言われれば、本気で訳がわからなくなる。

「だったら、なんのために親衛隊になれなんて言うんですか？」

「これには聞くも語るも涙の深い事情があるんだ」

芝居めかして語りはじめた統瑠の話は、要約するとこうだった。

統瑠は天城さんが好きだが、天城さんは翔瑠の許嫁《いいなずけ》なので統瑠と一緒になることが許されない。さらに都合の悪いことに、翔瑠にも天城さん以外に好きな人ができたらしく、このままでは双方好きな相手と結ばれない。そこで統瑠が考えたのがカップル偽装の上でのパートナーの交換だそうだ。

「僕が翔瑠の好きな娘《こ》、つまり君を親衛隊にすれば、四人でずっと一緒にいられる」

良いアイデアだと思わない？　と得意げに言われて、頭痛がしてきた。

「どこがですか。そんな無茶な話、無理に決まっています」

そもそも前提条件が間違っている。翔瑠が好きな相手はあたしじゃない。

そこのところを丁寧に説明すると、なぜかとても残念そうな顔をされた。

「……もしかして、それ翔瑠にも言ったの？」

聞かれて頷《うなず》けば、深々と溜息《ためいき》を吐《つ》かれる。

「なんか翔瑠が可哀想になってきた。だいたい、なんで断ったの？　翔瑠、身内の欲目を引いてもかっこいいでしょ？」

なんでと、言われても。

「親衛隊ってそんな軽いものではないですし、そもそもあたしは親衛隊になりたくな……」

「違うでしょ？」

言葉の途中できっぱり言い切られて、怪訝《けげん》な視線を統瑠に向ける。

「環ちゃんは親衛隊になりたいでしょ？　僕は君の望みを叶えてあげようと思って提案してるんだよ？」

じゃなきゃ、いくら翔瑠が好きになった娘だからといって誘ったりしないと、統瑠はニコニコと笑う。

「いや、だから……」

「君は親衛隊になりたい。でなきゃ、紅ちゃんに突き飛ばされた後、利音ちゃんをあんな目で見ないものね」

唐突に飛び出した紅原と聖さんの名前に、あたしの胸が大きな音をたてた。

「いきなりなんの話を……」

「実は、偶然見ちゃったんだよね。紅ちゃんが君を突き飛ばしたとこ」

脳裏に浮かぶのは、聖さんと紅原が連れ立って歩いていく光景。

「紅ちゃん、ひどいよね。環ちゃんを突き飛ばしたくせに、その後に来た利音ちゃんには優しいとか」

露骨な差別だ、と紅原を非難する統瑠になぜかむっとした。

「別にあれは差別というわけでは……」

だって、紅原の行動は多分あたしを守る意味もある。

吸血鬼の血は人には毒になるから、きっと不用意に紅原の怪我《けが》に触れようとしたあたしを遠ざけるために、とっさに突き飛ばしたのだろう。

「あれ、紅ちゃんを庇《かば》うの？　どうして」

聞かれて、言葉に詰まる。吸血鬼の存在をあたしが知っているなどとは話せない。

「えっと、それは……」

「ああ、そうか。君は知っていたね」

だから紅ちゃんの行動理由を正しく理解してるんだ、と言う統瑠の言葉に本気で戸惑《とまど》う。

「え？　あの統瑠様、何を言って……」

「僕らの血は少量でも人間には毒だから。血を流している時には人間を近寄らせないし、それを治療した利音ちゃんだって、どこに血が付着してるかわからないから君と一緒に帰せなかった」

それを環ちゃんはしっかりわかってるんだね、と笑う統瑠。

こ、これはもしかして……もしかしてもしかするのだろうか。

自分の正体について全く隠すつもりがないとしか思えない統瑠のセリフに動悸《どうき》が激しくなる。

統瑠は唇に指を当てながら、にっこりとあたしに笑いかけた。

「そういえば。環ちゃん、確認なんだけど、君は吸血鬼《ぼくら》のことをどれだけ知ってるのかな？」

ひゅっとみぞおちに冷たいものが走る。気を抜くとブルブルと震え出しそうで、あたしは両手で肩を押さえた。

どう考えても、あたしが吸血鬼の存在を知っていることがバレているとしか思えない。

けれども、ここで肯定してしまうわけにはいかなかった。

「……な、何を言ってるんですか？　意味がよくわかりません」

「あれれ、この期《ご》に及んでまだとぼけるんだ？　でも、少なくとも月下騎士会が吸けっ……」

「うわあああああ！」

あたしが突然上げた奇声に、さしもの統瑠もぎょっとして言葉を止めた。

「な、何、いきなり。びっくりするじゃない！」

やかましい！　せっかく、何も知らないふりで乗り切るつもりだったのに、吸血鬼とかはっきり言われたら誤魔化せないじゃないか！

あたしは、かなり混乱していた。

「何も聞いてません！　あたしは何も知りません！」

子供のように両耳を手で塞《ふさ》いで、しゃがみ込んだあたしに、統瑠は呆れ顔だ。

「……何言ってるの？　そんなので誤魔化せると思ってるの？　吸血鬼の血が人間に毒だって知らないと、あんな風に紅ちゃんを庇《かば》ったりしないでしょ？」

「知りません！　聞こえません！　あたしは何も知らないんです！」

断固として耳を塞ぎ続けるあたしに、ムキになった統瑠が次々と不審点を上げてくる。

「結構な嫌がらせをされてるのに、何も訴えないのは裏戸学園の上層部が吸血鬼だから頼りたくなったからじゃないの？」

「あ、あ、あーー！　知りません、何も覚えてません！」

「誘拐事件の時だって、一人で逃げるなんて、何も知らない普通の人間がすることには思えないんだけど？」

「い、い、いーーー！　記憶にございませーん！」

「そんな、政治家みたいな言い訳。春先だって、美香ちゃんに君との会話の内容を聞いたけど、とても何も知らないとは思えなかったよ」

「う、う、うーー！　ワタシニホンゴワカリマセーン！」

「美香ちゃんだって、なんでか君をお姉様とか、慕ってるし。なんか翔瑠も最近君のことばかり気にしてるしで……、ぶっ！」

こんな尋問みたいなことがいつまで続くのかと思っていた時だ。突然、空気が噴き出すような音に視線を上げれば、なぜか統瑠が腹を抱《かか》えて笑っていた。

「あはははは、はは。全く環ちゃん、君の反応って……傑作っていうか、予想外っていうか」

腹を抱え大笑いする統瑠に、今さらながら自分の言葉が支離滅裂《しりめつれつ》であることに気付いて、赤面した。

「……わ、笑いすぎですよ」

「もっと冷静な娘《こ》だと思ってたのに、日本語わかりません、とか意味わかんない。うくく……」

笑いすぎて泣けてきた、と目尻にたまった涙を拭《ぬぐ》う統瑠の姿に、あたしはますます恥ずかしくなる。

「うう、穴があったら入りたい」

「大丈夫だよ。面白い娘は嫌いじゃないから」

どこが、大丈夫なんだよ。新たな黒歴史だ。恥ずかしすぎる。記憶から抹消してほしい。

恨みがましく睨《にら》み上げると、統瑠の視線と正面からぶつかった。

まともに彼の紅く光る瞳を見てしまったことに気が付き、自分の浅はかさに後悔するがもう遅い。

身体中の制御を奪われ、あたしは動けなくなる。

そのままバランスを崩したが、統瑠に支えられ、倒れこむことはなかった。

彼はうっとりと目を細めながら、あたしの頬《ほお》を撫《な》でる。

「本当だよ。この僕が気に入るなんて。契約上だけの花嫁でも君なら楽しそうだ」

統瑠の言葉も行動の意味も、あたしには全く理解できない。ただ彼という存在の得体が知れなさすぎて、怖かった。

突き飛ばして逃げたいが、強く抵抗ができない。

「だから……、なんの話……」

「もちろん環ちゃんを僕の親衛隊に、ってこと」

「そんなの……なりたく……ないって……」

「それは嘘だね。少なくとも親衛隊、吸血鬼の花嫁にはなりたいと思っているでしょう?」

「……なんの話……」

「とぼけても無駄だよ。僕は見てたからね。君は確かに利音ちゃんを羨《うらや》んでいた」

きっぱりと断言されて、否定できない自分に気付く。

「それは、そうだよね。同じように心配したはずなのに、あんなに露骨に遠ざけられちゃ」

「でも、あれはしかたがないことで……」

「でも、本心では君は納得していなかった」

違う? と薄く笑われれて、もう自分の心に嘘は吐《つ》けなかった。

「利音ちゃんが羨ましい? 彼女みたいになりたいかな? なら望めばいいじゃない」

欲しいものを我慢する必要はないし、なりたいものにはなればいい。

囁《ささや》かれた言葉は甘美だったが、あたしには夢物語だ。

「……でも、あたしはモブで、聖さんはヒロインで……」

この世界がゲームの世界であることを知っているからこそ、覆《くつがえ》らないものがあることをわかっている。

だけど、そんなことを知らない声はなおもあたしの思考を否定する。

「無理じゃないよ。叶えてあげる」

どうやって？　もうほとんど回らない思考の隅で、統瑠の悪い微笑みが見えた。

「僕の親衛隊になればいい。吸血鬼の花嫁を突き飛ばすような男はいないよ」

親衛隊になれば、本当に惨《みじ》めな自分を自覚しなくて済むのだろうか。

「親衛隊になれば、君は幸せになれる。僕が保証するよ」

優しい言葉は甘く、心にじわりとしみてくる。

この声に全てを委《ゆだ》ねればどんな苦しみもなくなるように思えた。

「ねえ、環ちゃん。そのまま、親衛隊になるって誓いなよ」

そうすれば幸せになれると囁《ささや》かれて、あたしは言われたとおりに口を開く。

「あたしは、親衛隊に……」

「があああああ」

突然響いた何者かの雄叫びに、統瑠の視線が外《はず》れた。

途端、身体の自由と意識が戻って、あたしはその場に座り込む。

あれ、あたし今何を言おうとしてた？

直前の記憶を思い出そうとするがはっきりしない。

だが、ゆっくり考えている暇はなかった。

「グるゥ、グヴァがあああああ」

再び聞こえた獣の咆哮《ほうこう》に外のほうに視線を向けると、開け放した玄関から三人の男が入ってくるのが見える。

男たちの服装も身長もバラバラだが、肌は土気色で精気がなく、瞳は一様に落ち窪《くぼ》んでいる。そのくせ、瞳の奥にギラついた紅い光が宿っているのが見えて、本能的な恐怖が湧き上がった。

まるで外国のホラー映画に出てくるゾンビのような三人の男の姿に、思い当たるものがある。

吸血鬼もどき《イミティア》。

吸血鬼の血を浴びて、精神をおかしくした、人間の成れの果て。

ゲーム画面で見た人間とそっくりの生ける屍《しかばね》の姿にぞくりとした。

実際に目にするのははじめてだが、どうして、こんな場所に現れたのだろう。

一瞬、統瑠の演出かと思って彼を見るが、彼は彼で信じられないものを見たかのように固まっていた。その姿に統瑠が吸血鬼もどきを苦手としていたことを思い出す。

幼いころ吸血鬼もどきに襲われた経験がある統瑠は、それ以来、彼らを見ると硬直してしまい逃げることすらできなくなるのだ。

吸血鬼化した人間は生きた血肉を求めて、人を襲ってくる。理性の箍《たが》がはずれたその力は強く容赦がない。そんなもの相手にあたしが対抗できるわけはなく、統瑠のほうも全く当てにできなかった。

最悪なことに玄関をそいつらに塞《ふさ》がれてしまったので、逃げ道もない。

突っ込んでいったところで襲いかかられ、餌食になるのは目に見えており、さすがに布団でどうにかできるとも思えなかった。

で、あればだ。あたしは視線を床《とこ》の間の掛け軸に滑らせる。

一か八かの可能性に賭けて、あたしは玄関に通じる襖《ふすま》を閉めた。

もちろんそれで防げるとは思っていない。ただ単に相手に対する目隠しだ。

あたしは統瑠の手を取った。

「統瑠様、逃げますよ」

あたしは統瑠の手を引いて床の間に上がると、掛け軸の後ろの出っ張りを押した。

すると、突然目の前の壁が回転しはじめ、あたしは統瑠もろとも壁の反対側に運ばれる。

回転扉だったらしいそこからすぐに離れようと、踏み出そうとした足の真下に岩肌剥《む》き出しの奈落が見えた。

どれだけ深いか見当もつかない暗い谷底に、声にならない悲鳴を上げて飛び退いて周囲を見ると、その場所が切り立った崖に突き出すように設置されたウッドデッキだということがわかる。

おそらくバルコニーとして使われていたのだろう、手すりが張り巡《めぐ》らされていたが、そのうち一部が崩れて途切れていた。運悪くあたしが歩き出そうとした場所には手すりがなかったのだ。

ううう、今回も死亡フラグが半端ないよ。後もう少し踏み出していたら、崖から真っ逆さまだった。

谷底は光が届かない深さだし、落ちたら助からないだろう。

だが、幸い落ちなかったし、外には出られた。ここからなんとか、脱出できないだろうかと周囲を見回すと、バルコニーから二メートルほど先に岩場が見える。

暗くてはっきりとはわからないが、どこかに続いている様にも見える足場の存在に、あそこにさえ飛び移れれば助かるかもしれないという希望が湧いてきた。

しかし、飛ぶには勇気がいる距離だ。

あたしはそっと隣で静かにしている統瑠を見た。

当然、あたしに引っ張られて彼もバルコニーにいるのだが、不気味なほど静かだ。もしかしたら先ほどの吸血鬼もどきへの恐怖が続いているのかもしれないとは思うが、今は気を使っている場合ではない。

「……あの、統瑠様、大丈夫ですか？　怪我《けが》とかしてませんか」

してないなら、あそこに飛び移って助けを呼んできてくれないか、と言いかけてはたと気付く。

考えてみればこんなお願いを統瑠が聞いてくれるだろうか？

彼が向こうに渡ったとして、あたしを助けに戻ってきてくれるかどうかわからない。

おそらくあたしを攫《さら》ったのは彼自身だし、何よりあたしは統瑠の誘いを断っている。

あたしが自分で行ったほうがよさそうだ。

幸い、あたしの言葉が聞こえなかったのか、統瑠は膝を抱《かか》えて座ったままである。

いつも饒舌《じょうぜつ》な彼とは打って変わって静かな統瑠を置いていくのには不安を感じるが、助けを求めに行くことを優先させなければ。

だが、岩場に渡って、助けを求めに行くとして一つ問題があった。

あたしには一体ここがどこだかわからないのだ。

闇雲に動いては、迷うだけだということは黄土兄弟誘拐事件の時に学習した。

統瑠に聞いてみればよいのだが、今いち信用できない。

せめて、方角を見失わないようにできたら同じところをグルグル回るなどといった馬鹿なことをしないですむかもしれない。

見上げると空には満天の星が輝いている。

月明かりもあり、人里の明かりの届かない山奥でも結構明るい。

今にもこぼれ落ちてきそうな満天の星空を見上げ、星で方角を特定すれば迷わないのでは、と思いついた。ほら、昔は星の位置で方角と位置を割り出していたとかいうし。

ええっと、確か方角を知るにはまず北極星を探せばいいんだっけ？

あたしは空に指を伸ばした。

だが、うろ覚えの知識ではどの星がなんだか全くわからない。

しばらく四苦八苦していると、ふいに声がかかった。

「……何をしているの？」

ハッと視線を下げると、統瑠が顔を上げてこちらを見ている。

「あの、……いえ、北極星はどれかな、って」

あたしの答えに統瑠は不思議そうな顔をした。

この状況で星を見ているなんて、のんきだと呆れられたのかもしれない。

それでもあたしはやめるつもりはないので、統瑠を無視して再び天を仰ぐ。

もっとも、いい加減、空に腕を彷徨《さまよ》わせているのも疲れた。いっそ、一番明るい星を勝手に北極星に定めてやろうかと思っていた時、ふいに横から伸びてきた手があたしの手首を誘導する。

「……北極星ならあれだよ」

いつの間にかすぐそばに移動していた統瑠は、あたしの指を使って空のある一点を示した。

手を掴《つか》まれて動揺しているあたしのことなど気にも留めていないようで、彼の視線は空に固定されたままだ。その視線につられるように自分の指し示すものに目を向ければ、他よりやや輝きの強い星が一つ。

「あれが、北極星ですか？」

「そう。こぐま座の首星ポラリス」

「え、ポラリス？　北極星って星の名前じゃないんですか？」

「北極星って地球の地軸の延長上、天の北極に一番近い輝星のことを言うんだよ。だから、地軸のブレなんかで、変わっていく。今はポラリスだけど……」

翔瑠は持ったままの手首を動かし、あたしの指先を移動させた。

「有名どころで言えば、琴座のベガ。この星は過去の北極星だよ」

「え、結構離れてますけど？　北極星って方角を見る星なのに変わったら意味がないんじゃ……」

「そりゃ、ベガが北極星だったのは一万年以上前だもの。僕らが生きている間に北極星が変わることはないよ」

「へえ、そうなんですか。ところで、琴座のベガってなんで有名なんですか？」

「夏の大三角の一つだからだろ？」

『夏の大三角』、それなら聞いたことがある。何か授業で習った気がする。

すると隣で溜息《ためいき》が聞こえて、さらに指が空を滑る。

「白鳥座のデネブ、鷲座のアルタイル、琴座のベガ。これで夏の大三角。ついでに付け加えてあげると、ベガが七夕《たなばた》の織姫《おりひめ》だよ」

ほう、あれが。そういえば、それも聞いたことがあるような。

「……このくらい普通に授業で習うでしょ。なんで知らないの？」

「いや、だって星座って意味不明じゃないですか」

ほら、星座盤ってのがあるじゃないか。うっすらと背景に絵が入ってるやつ。星を繋いで見える形とあの絵とがどうしてもつながらなくて、そこばかりが気になって覚えられなかったんだよね。

そんな話をすると統瑠は呆れ果てているのか、何も言わずにこちらを見つめた。

馬鹿だと思われているのだろう。別にいいけどさ。

「でも、こうして直接示されれば、わかりやすいですね」

そういえば統瑠って幼いころは天文学者を夢見ていた、と設定資料集に載っていたことを思い出す。だから星に詳しいのかと思っていると、ふいに掴《つか》まれた手首に力を込められた。

「っ！　ちょ、統瑠様、痛い！」

ギシリと骨がきしむほど力をこめられて悲鳴を上げるが、統瑠はお構いなしに締めあげてくる。

「君って本当になんなの？　なんで、あの子と同じことを言うの？　どこまで知ってるの？」

突然の統瑠の詰問に訳がわからず、彼を見上げることしかできない。

「それとも、あの子の代わりに僕を責めているの？」

あの子って誰だろう、と思うけれど、手首を締められている痛みで聞き返すどころではなかった。

「責めないでよ。僕が何をしたって言うんだよ……『統瑠』」

なぜか自分の名前を自分で呼ぶ、おかしな統瑠のセリフには聞き覚えがある。

統瑠が呟《つぶや》いた『統瑠』という名前は、もちろん彼自身を指しているわけじゃない。

実は彼には死んだ弟がいた。ややこしい話なのだが、その弟こそ本来の『統瑠』であり、あたしの目の前にいる彼は『翔瑠』と呼ばれていた少年なのだ。

黄土家の長子として生まれた『翔瑠』は、今でこそ健康だが、幼いころは病弱でどれほど生きられるかわからないと言われていた。すぐ下に生まれた『統瑠』という異母弟《いぼてい》が健康だったこともあり、黄土の当主はいつ死ぬかわからない長男より次男をかわいがった。

そんな中、事件が起こる。

身体の弱い長男を亡き者にして、次男を跡取りに据えようとする一部の一族が暴走し、長男を殺してしまったのだ。しかし、その時に殺されたのは、長男と入れ替わって遊んでいた次男だった。

彼らは顔と体格が似ていることを利用して、ときどき周囲に内緒で入れ替わって遊んでいた。偶然にも暗殺者が現れたのは、彼らが入れ替わりごっこをしていた時だったのだ。

次男のふりをした彼は下手に自分が生きていることがバレたら、また命を狙われかねないと思った。それが怖くて、自分が『翔瑠』なのだと言い出せなくなる。

だが、『翔瑠』という存在を消したくない彼は、自分の位置にあてがう別人の存在を必要とした。それが出自を理由に地下に幽閉されていた、現在の翔瑠だ。

こうして、とんでもなく複雑な家族ができたわけである。

ちなみに彼が本来、『翔瑠』と呼ばれていたことを知る者はいない。

今の翔瑠も天城さんも、一族の誰も知らない。統瑠はただ一人でそんな秘密を抱《かか》えている。

だから彼は自分を殺した一族を恨んだ。

自分が自分として生きられない、黄土家を嫌い、家を盛りたてる当主となることを厭《いと》うている。

一族を愛せない自分が当主になれば黄土家は滅びるだろう。

だが、心のどこかで家族の幸せも願っている。だから、自分が当主になることを避けていた。年齢に似合わない悪戯《いたずら》を繰り返しているのは、当主失格になりたいからだ。

そんな葛藤《かっとう》を抱える彼は、表向き明るい少年を演じているが、己の代わりに死んだ弟に対してずっと罪悪感を持っている。

その弟は聖さんに似ているらしい。ゲームシナリオでは、好感度が上がることで統瑠は聖さんと弟が似ていることに気が付く。それ以降、彼は聖さんに近づかれると死んだ弟に責められているような気がして苦しむのだ。

統瑠ルートでは、聖さんに弟の亡霊を重ねた彼が、聖さんを殺そうとするイベントがある。己の罪から逃れるため、混乱した統瑠が呟《つぶや》くセリフがさきほどセリフなのだが、なぜあたしが言われているのだろう？　いや、この後の展開ってまさか……

「っ！　離して！」

ゲーム通りに殺されるかもしれない可能性に気が付き、とにかく統瑠から逃れたい一心で、あたしはもう一度掌底《しょうてい》を突き上げる。しかし、さすがに同じ手に引っかかってはくれないらしく、その前にもう一方の手首も押さえられてしまった。

「僕は君なんてずっと嫌いだった。なんでも持っていて、素直で真っ直ぐで……」

統瑠はうつろな視線で、あたしを見る。

「ねえ、どうしたら君のその真っ直ぐな部分を折れるのかな」

痛みを与えたらいい？　それとも辱《はずかし》めかな？　と笑う彼に背筋がぞっとした。

「どうして今さら現れるの？　そんなに僕が憎いなら、どうして放っておいてくれなかったの？」

そうすれば、何も起きなかったのに、と言う声は泣いているように聞こえた。

聖さんなら優しく抱き締めて、慰《なぐさ》めてあげるのだろうか。

だが、あたしは……

「んなこと、あたしが知るかあああああ！」

あたしは叫びざま、統瑠に掴《つか》まれた手首を自分のほうに引き寄せ、力いっぱい頭を突きだした。

「っ！」

ゴンという音とともに脳天に痛みが走るが、代わりに手首の拘束が解け、あたしは統瑠に背を向ける。

そのままの勢いで、谷を飛び越えようと思ったのだが、踏み切る直前にウッドデッキの腐った部分に足を取られて転倒してしまった。

しかし、そこは狭いウッドデッキ。倒れた上半身がデッキの縁から外に飛び出て宙に浮く。

「ぎゃぁぁあぁー、落ちるううう！」

眼下に広がる真っ暗な奈落《ならく》に思わず絶叫してしまう。

もうだめかとあきらめそうになった時、身体が引きずり戻された。

なんとか安全な場所まで引き上げられて、ホッとしてへたりこめば、統瑠に怒鳴られた。

「何してるの！　死ぬ気なの!?」

「すみません、助かりました……って、誰のせいですか！」

思わず顔を上げて睨《にら》み返せば、統瑠はバツが悪そうにそっぽを向いた。

「それは、ごめん。ちょっと自分でもよくわからないけど混乱しちゃってたみたいで」

まさか謝られるとは思ってなかったので驚いて見つめると、不機嫌そうに統瑠が顎《あご》を押さえていた。あたしの頭突きは顎にヒットしたらしい。そうわかれば、申し訳なくなる。

「すみません。ちょっとやりすぎました。大丈夫ですか？」

「本当だよ。女の子に頭突きされるとは思わなかった」

とんだじゃじゃ馬だ、とぼやかれ、ムッとする。

「乱暴にするほうも悪いんですよ」

「だとしても頭突きはないでしょ？　もう少しおしとやかにしないと、紅ちゃんに愛想を尽かされちゃうよ？」

「は？　だからなんでそこに紅原様が出てくるんですか！」

脈絡なく出された紅原の名前に心臓が跳ねるが、統瑠は「教えてほしい？」とニヤニヤ笑っている。その表情に良からぬものを感じ、あたしは目を逸《そ》らした。

「……結構です」

「あれ？　本当にいいの？」

統瑠がこちらの気を引くためか、髪を一房、軽く引っ張ってくるので「結構ですってば！」と払いのけた。その手を掴《つか》まれ、ハッとする。

「……本当に、君は僕に何も聞かないんだね」

「なんのことですか？」

「何もかもだよ。今回のことだって、裏で何があったとか、本当に知りたくないわけじゃないでしょ？　自分が巻き込まれたことなのに」

「それは……」

確かに気にはなる。どこまで統瑠があたしのことを疑っているかなど。

あの吸血鬼もどきだって、どういう経緯で襲ってきたのかも不明なままだ。

しかし、あくまでもあたしはただのモブなのだ。

なんの力もないのに、興味本位で話を聞いてしまいイベントに巻き込まれた場合、命の保証はない。

情報は身を守るための道具にもなるけれど、知らなくていいことを知るのは危険を呼び込むことでもある。

知っていい情報といけない情報の境界線がどこなのかわからないうちは、あまり突っ込みたくないし、関わりたくない。

「聞かないのは知ってるから？　君は本当にどこまで知ってるんだろう」

そんな言葉と共に頬《ほお》を撫《な》でられ、身体が震える。しかし、統瑠はうつむくあたしの顔を無理やり上げさせたりはしなかった。

「苦しくない？　どんな秘密かは知らないけど、君は一人でそれを抱《かか》えているんでしょ？」

「それは……」

「僕もずっとそうだったからわかるよ。眠れない夜なんかには誰かれ構わずぶちまけたくなる」

覚えがある感情にあたしは恐怖とは違う震えを感じた。

そんなあたしに気付いているのか、統瑠は背中にかかった髪の毛に優しく指を絡ませ、梳《す》いてくれる。

「秘密を一人で抱えこむのは辛《つら》いよね？　何も知らずに幸せにしてる人全てが恨めしくなることなかった？」

心当たりのある思いに、心が揺さぶられる。いっそ耳を塞《ふさ》いだほうがいいのではないかと思うほど、統瑠の言葉は心を穿《うが》つ。今まで誰とも共有できなかった感情が理解されていることに、不可思議を感じた。

「君は僕に似てるね。誰にも受け入れてもらえない秘密を抱えて、のたうち回っている」

その一言であたしの感情にかけ違いが生まれる。

「君の気持ちわかるよ。僕も同じだから。だから君の秘密を僕に教えて……」

「同じなんて嘘だ」

あたしはいつの間にか近づいていた統瑠の肩を押した。

「あなたとあたしが同じなわけがない」

「……環ちゃん？　何を言って」

「あなたにはちゃんと受け入れてくれる人がいるじゃないですか」

涙目で睨《にら》むと、統瑠は困惑した表情を浮かべる。

「……そんなのいないよ。いるわけがない」

「いますよ。どんなことがあっても裏切らない人が」

あたしの言葉に統瑠は下を向いた。

「っ、誰のことを言っているのかわからないよ」

だが、統瑠の瞳はその言葉が嘘だと告げている。

「わかってるくせに、知らないふりなんかしないでください」

翔瑠に天城さん。あの二人は絶対に統瑠を裏切ったりしない。

実際ゲームではどんな状況であっても彼らは統瑠の味方だった。

「翔瑠様と天城さんはどんなことがあっても統瑠様を受け入れてくれるじゃないですか」

「なんで、そんなこと環ちゃんにわかるの？　二人のことをそんなに知ってるわけでもないのに」

「じゃあ、統瑠様にはわかるでしょ。二人のことをずっと見てきたあなたにわからないはずないじゃないですか」

なぜかキレるあたしに統瑠は絶句している。

「あなたとあたしが一緒だなんて嘘ですよ」

統瑠には吸血鬼としての力もあれば、味方してくれる人間もいる、逃げ回る必要もない。

彼なりの葛藤《かっとう》はあるだろうが、逃げ回るしかないあたしよりずっと多くの選択肢を持ってる。

そんな相手と一緒にされたくなかった。

「……それは僕が君ほど苦しんでないと言ってる？」

統瑠の声が低くなり、あたしは自分が言ったことの意味に気付いて血の気が引いた。

間違いなく怒らせた。慌てて言いつくろう。

「そこまでは言いません。ただ、あたしとは違うって……」

最後まで言う前に、統瑠が何かに気付いたように視線を逸《そ》らした。

なんだろうと視線の先を追うと、部屋に通じる壁だった。

特に変化のないように見えるが何かを見つけたのだろうか。不思議に思っていると、統瑠の声が聞こえた。

「環ちゃん、賭けをしよう」

統瑠は満面の笑みを浮かべている。

「君が勝ったら、君の言うことを全て信じるし、親衛隊にするのも諦める」

それは嬉しいけど、なぜだろう、なんか不吉な予感しかしない。

「か、賭けって一体何を……」

「環ちゃん、統瑠！　そこにいるの？」

聞き返した言葉は壁の裏から聞こえた声にかき消される。

「翔瑠様……っ！」

救助の登場に合図をしようとした瞬間、あたしは統瑠に突き飛ばされた。

あたしの背中は手すりにぶつかるが、劣化していたそれはあたしの体重を支えきることなくあっさり崩れる。

スローモーションのように遠ざかるバルコニーの端から、統瑠が崖下へ身を躍《おど》らせるのが見えた。

一体どういうつもりか理解できないまま、あたしはなす術《すべ》もなく崖下に転落したのだった。

◇　◆　◇

「望遠鏡ばかり覗《のぞ》き込んでないで、もっと星空を楽しんだら？」

そう弟に言われて、兄は憤慨《ふんがい》した。持ってきた望遠鏡を設置したのはいいが、弟は最初に覗《のぞ》いたきりで、あとは寝転がっているだけなのだ。

「何言ってんの。天体望遠鏡をもらったから星を見に行こうって言ったのはお前だろ？」

しかもこんな建物まで探させて、と腕を広げて指したのは、床の間飾りのある八畳ほどの和室。天井に大きな窓が嵌《は》め込まれ、室内にいながら星が見えるようになっている。

ここは、とある富豪が星を見るためだけに建てたという小屋だった。

身体が弱かったというその富豪のための小屋は和室の他には玄関しかついておらず、電気は通っているが水道もガスもない。不便な山奥にあるその小屋は富豪の死後、相続人に売りに出されていた。それを格安とはいえ、弟が「星が見たい」と言っただけで父親が買い求めたのだ。

子守の乳母が襖《ふすま》を挟んで廊下にいるはずだが、室内には子供二人きり。

星が綺麗《きれい》に見えるように絞られた間接照明に、いつ寝ても問題ないよう布団が敷かれた部屋で、二人は好き勝手にすごしていた。

「いいじゃない！　そのお陰でこうしてお兄ちゃんと一緒に星を見に来られたわけだし」

確かにわざわざこんな小屋を用意しなければならなかったのは、自分の身体が弱いせいだという自覚はあるので、あまり強いことは言えなかった。

「それより、ねえ、あの星は何ていうの？」

寝転んで空を差す弟だが、立ったままでいる兄にはどれのことかわからない。

兄は仕方なく望遠鏡を諦め、弟の横に寝転がった。

弟の手首に手を添え、それを動かしながら、本で得た知識を語る。

「お兄ちゃん、楽しそう」

「……うん。ようやく見られたから」

窓越しとはいえ、キラキラと煌《きらめ》く空は幻想的で、呑み込まれそうなほど美しい。

生まれながらにして身体が弱かった兄は、夜間の外出はもちろん、夜更かしも禁じられていた。

それゆえに、星に対する憧れは人一倍あって、実物を見られない分、図鑑や本をたくさん読んだ。

そんなふうに星の魅力にとりつかれた兄を見ていたため、弟が父親に、今回の外出をかけあってくれたのだ。

弟に甘い父は、部屋から出ないことを条件に、外出を許可してくれた。

それを思うと、こうして星を見られたのは弟のお陰だ。

本物の空はどんな写真や絵図より美しく、瞬《まばた》きするのも惜しくなるほどだった。

しかし、一つ願いが叶うと、さらに欲が出てきてしまうのは生き物の性《さが》だろうか。

ガラス越しの星空は美しい。北極星を中心にゆっくりと動いていく星を眺《なが》めながら兄は、できれば、窓越しではなく、野外で直接見たかったと思った。

もちろん、そんなわがままを口にするつもりはなかったが、それでも手を伸ばせば届きそうな星と自分との間にガラスがあるのは味気なかったのだ。

「何？　お兄ちゃん。もしかして外に出て直接見たいと思ってる？」

弟はたまに人の心を読んだような発言をすることがある。

それは彼が吸血鬼だからなのか、ただ人の機微《きび》を読むことに長《た》けているだけなのか判然としないが、言い当てられるたびにどきりとする。

だが、物心ついたころから思いを心の中にとどめることの多い兄にとって、口にできない望みを察する弟の特技はありがたかった。

「けど、お父様との約束があるし。それに身体のことも……」

「そんな簡単に諦めちゃだめだよ」

足をバタバタとさせながら弟が力説する。

「今はお父様の言いつけを守らなきゃだめだけど、いつかお兄ちゃんの身体がもっと強くなったらできるよ」

気楽な弟の言葉にそんな簡単なことじゃないと反発する思いもあるが、必死に励ましてくれるその様子に「そうだな」と頷《うなず》いた。

「いつか外に出て、直接、星が見られるといいな」

「できるよ。お兄ちゃんなら。そしたら、またこうして一緒に星を見ようね」

約束だよ、と無邪気な笑みを浮かべた弟との約束は結局果たされることはなかった——

◇◆◇

飛び降りた直後に襲われた浮遊感に統瑠が目を閉じた瞬間、強い力が彼の身体を引っ張った。

突然の力に驚く間もなく、腰に衝撃が走る。

思わず悶絶《もんぜつ》して、目を開けると、先ほど飛び降りたはずのバルコニーにいた。

統瑠は状況がわからず、しばらく混乱する。

「イテテ……。無事？」

自分を引き上げた時に転んだのか、起き上がりながらそんなことを聞いてくる翔瑠の姿を確認し、思わず叫んでしまった。

「なんで僕を助けるんだよ！」

「せっかく助けたのにそれ？」

不満そうな翔瑠だが、統瑠はそれどころではない。

「なんで環ちゃんを助けなかったの？　僕は大丈夫だったのに」

慌ててバルコニーの端から下を覗《のぞ》きこむと、大きな波紋が数メートル下方に見える。その中央付近に人影が浮かび、岸に進んでいるのが確認できて、思わずホッとした。

実はこの崖の下には泉が湧いているのだ。

今は水面が波打っているので水があることがわかるが、水深が深く透明度の高い泉は光を反射しないため、夜になると真っ暗な谷底のように見えてしまう。

統瑠は泉の存在を知っていたので、落ちたところで死ぬことはないとわかっていた。

しかし、それを知らない相手には環と自分が高さのわからない谷底に落ちていくように見えただろう。おそらく翔瑠にも――

だから、環を突き落とし、自分も身を投げた。

環の言うように翔瑠が本当に全てを打ち明けるに足りるほど信頼できるのか、確認したくて。

ここに翔瑠といるということは、賭けは環の勝ちなのだろう。翔瑠が自分を選ぶことは証明されたが、素直に喜べない事態だ。

「あのさ、翔瑠。今からでも環ちゃんを迎えに行きなよ」

「それを統瑠が言う？」

確かに選択を迫ったのは統瑠で、環を選ばなかった翔瑠がノコノコと彼女の前に顔を出せる訳がない。

「それに、環ちゃんを探していたのは僕だけじゃないから、きっと大丈夫だ」

「それで翔瑠はいいわけ？」

「いいも悪いも、あわせる顔があるわけないじゃない。それより僕にはやらなきゃいけないことがあるからね」

「やらなきゃいけないことって……？」

「もちろん、君にこの状況について説明してもらうことだよ」

じっとりと睨《にら》まれて、あきらかに自分が悪いだけに、気まずい。それに賭けは環の勝ちなので、翔瑠に隠し事をするのはルール違反であるような気がする。

統瑠は翔瑠に聞かれたことに正直に答えた。

今回環を攫《さら》った目的は、パートナー交換をするためである。

それから、環には語らなかったが、この件の協力者のことも。

実は、環を攫った裏には、統瑠にそれを指示した人間がいる。

その協力者とは、前回の誘拐事件の首謀者である元黄土家の運転手だ。

あの運転手の行方は事件直後から不明で、未だ見つかっていないということになっているが、統瑠は密かに、連絡をとっていた。それを打ち明けると、翔瑠は呆れたようだ。

「……なんで？　あんなにひどく裏切られたのに？」

「あの誘拐は彼の裏切りも計画の内だったんだよ」

元々あの事件での統瑠の本当の目的は利音へのサプライズなどではない。

彼は己の評判を落とすことで、進みつつあった女吸血鬼との婚約を修復不可能なまでに叩《たた》き潰したかったのだ。

現在、吸血鬼の一族において婚姻の適齢期を迎える女吸血鬼が二人いる。

彼女たちは力の強い吸血鬼を生めるので、強さを至上とする吸血鬼の中では垂涎《すいぜん》の的《まと》だ。

今は、二人共、若手で唯一純血の吸血鬼である蒼矢透の許嫁《いいなずけ》である。しかし、重婚は許されない。

いずれ一人が選ばれ、その時選ばれなかったほうの婿の座はまだ確定していなかった。

選ばれなかったほうの女吸血鬼を自分の家の嫁にしようと、今、吸血鬼の家の間で醜い争いが勃発している。

中でも統瑠という筆頭候補を擁《よう》する黄土家は有力だった。次代の当主候補の年齢や家格などから、蒼矢家の次に釣り合いが取れるからだ。

そこで統瑠は一計を案じた。彼の思惑通り、黄土家の長男が犯した誘拐事件の失態は吸血鬼の間で広がり、他家からは非難が集中、筆頭候補の地位を剥奪されかかっている。

「まだお父様は諦めてないようだけど、ほぼ決まりだと思うよ。元々あちらも僕も積極的ではなかったしね」

「……それって、もしかして美香ちゃんのためなの？」

パートナー交換の件も話してしまったので、翔瑠がそう思ったのは当然だが、統瑠の動機はそれだけではなかった。

「翔瑠、僕はね。黄土の当主には、どうしてもなりたくないんだ」

あの場所は自分のものではないという思いは強い。そして何より、自分が自分として生きることを許さない黄土家という檻《おり》から解き放たれたかった。

統瑠は翔瑠に、自分ともう一人いた黄土家の子供の話をした。翔瑠は何を思っているのか、ただ黙って話を聞いている。統瑠が語り終えた時、翔瑠は深い溜息《ためいき》を吐《つ》いた。

「……なるほどね」

妙に納得したような翔瑠の反応に統瑠は驚いた。翔瑠を見ると、彼も統瑠を見つめ返してくる。

「ずっと不思議だったんだ。君は人懐《ひとなつ》っこそうに見えて、ものすごく警戒心が強い。なのになんで三条《さんじょう》なんかを信じたんだろうって」

三条とはあの運転手のことだ。

「君の話を聞いて、その理由がわかった気がするよ。前に、三条と君が話しているのを見たことがあるんだ。あの人、君のことを『翔瑠』と呼んでいたよね」

てっきり勘違いを面白がって訂正していないでいるのかと思っていたけど違ったんだね、と言われて、統瑠は目を伏せた。手持ち無沙汰になっていた右手で前髪をくしゃりと握りしめる。

「……うん。三条だけが、僕を本当の名前で呼んでくれたから」

三条が黄土家の運転手としてやってきたのは三年前。

最初に『翔瑠様』と呼びかけられた時は驚いた。彼の同僚が慌てて訂正させたので、ただ間違えただけだとわかったが、忘れようとしていた思いが再びざわついた。

そのころには統瑠と呼ばれることに抵抗はなくなっていたし、辛《つら》いとも思わなくなっていた。

それなのに、名前を呼ばれた瞬間、そこにまだ傷口があったこと、完治したわけじゃないことを思い出してしまった。

何度訂正しても、三条は統瑠をかつての名で呼び続ける。

それが堪《た》えられなくなって、ある日、統瑠は三条に秘密を暴露してしまった。

どうせ、信じやしないだろうと思っていたのだが、彼は統瑠の話を信じた。

それどころか統瑠をかわいそうな子だと優しく慰《なぐさ》めてくれたのだ。

それからはまるで依存するように彼と話す時間が増えていった。三条には不思議となんでも話せた。日々の愚痴《ぐち》も、翔瑠や天城には聞かせられないような、ひねくれた本心も。

ある日、統瑠は自分と女吸血鬼との婚姻の話をした。すると、普段黙って聞き役に徹する三条が珍しく口を出してきて、狂言誘拐を提案したのだ。

彼には病気の家族がいて、治療に莫大な金が必要だということだった。

今考えるといかにも怪しい話ではあるが、その時は騙《だま》されたとしても金ぐらいどうとも思わなかったのだ。

あの事件は身代金目当ての狂言誘拐のはずだった。黄土兄弟を攫《さら》った後で金を要求し、三条はそのまま逃亡。統瑠たちは館に残り、予め不審な連絡が行くようにしてあった蒼矢によって発見され、一連の事件が公《おおやけ》になる。救出役に蒼矢を選んだのは、月下騎士会の中で一番面倒見が良いことと、彼の吸血鬼内での存在の大きさからだ。彼を巻き込めば、黄土家に事件をもみ消されるのを防げる。

結果的には全てではないとはいえ、うまくいった。

だから統瑠の中では三条に裏切られたという思いはなかったのだ。身代金を要求されていなかったなど、不審な点は多々あったが、気にするほどのことでもない、と統瑠は三条とメールでの付き合いを続けていた。

そして、二度目の提案。それが今回の環の誘拐だ。

翔瑠のため、今後天城と一緒にいるためなんて言葉に乗せられた結果、吸血鬼もどきに襲われた。

吸血鬼もどきは、自然発生などしない。

そんなものが偶然現れるなんて考えられなかった。

あの建物に自分たちがいることを知っていた人間は、自分以外には一人しかいない。

三条に裏切られたとしか思えなかった。彼の目的はわからないが、もしかしたら最初から自分を殺すつもりだったのかもしれない。思い返すと、自分の行動はあまりにも滑稽《こっけい》だった。

「……僕は君を過大評価しすぎてたようだね」

ポツリと呟《つぶや》かれた翔瑠の言葉に統瑠はビクリと肩を震わせる。幻滅されたと思い、心が冷たく凍りついていくのを感じた。同時に心の中で環をなじる。

嘘吐《つ》き。翔瑠ならなんでも受け止めてくれるって言ったじゃないか。勝手な言い分だとはわかっていたが、他に悲しみのやり場もなく心の中で毒づいていたら、予想外の言葉が聞こえた。

「……もうちょっとしっかりしてると思ってた。今後はもっとしっかり補助《サポート》するよう気をつけるよ」

軽蔑され、嫌われたと思っていたが、違うのだろうか。

「……なんで僕に相談しなかったの？　これでも昔から君の頭脳《ブレイン》を自負してたんだけど？」

「それは……」

「……だいたい、なんなんだよ。パートナー交換って。もっと他にあるだろう。当主にだって逆らえばいい。なんでそんなに諦めてるのさ？　僕らはまだ十五歳なんだよ」

当主は六十をいくつも超えていると指摘されて、妙に納得してしまう。

「僕らにはまだずっと先がある。当主より長い時間がね。だから、急ぐ必要はないんじゃないの？」

と明るく言われ、心の中の霧が晴れるような心持ちになった。それでも、統瑠には、最後の不安を払拭《ふっしょく》するために、翔瑠に聞いておきたいことがあった。

「ちょっと待って。翔瑠は僕を嫌いになったんじゃ……」

「……好き嫌いなんて今さら変わらないよ。僕が君に救われた事実は変わらない」

「何言ってんの？　だってそれは君のためというより、自分の場所が消されるのが嫌だった僕のためで……」

「それでも僕は君に救われたんだ。それだけは君にも否定させない」

翔瑠の瞳はまっすぐで、嘘を言っているようには見えない。

それでも信じられない思いでいっぱいだった。

自分に都合の良い夢のようで、信じた途端翔瑠に裏切られるのではないかという臆病な心が統瑠の口を動かす。

「じゃあ、翔瑠、僕が環ちゃんを《古き日の花嫁《ラ・マリエ・ダンタン》》と黄土家の人間に誤認させようとしていたと言っても、僕のこと嫌いにならない？」

さすがにこの告白には心が揺らいだのか、翔瑠は統瑠の肩に手をかける。

「……どういうこと？」

「言ったとおりだよ。僕は《古き日の花嫁》が学園に現れたという噂《うわさ》を一族の人間に流し、探《さぐ》りに来た美香ちゃんの身内の前で、環ちゃんがそれと誤解されるようにしたんだ」

あれは六月の半ばのことだ。天城の身内が学園にまで面会に来ることなどこれまでなかったからすぐにピンときて、彼の目の前で環に執拗《しつよう》に絡んでみたのだ。

「それだけで、当主の部屋に環ちゃんの調査報告書があるんだから、案外チョロいもんだよね」

皮肉に口を歪《ゆが》めると、翔瑠は信じられないものでも見たかのように青ざめた。

「……何それ。そんなことしたら当主が環ちゃんに何するかわからないじゃない」

「別にそうなったらいいと思ったからやったんだよ。僕は自分の為なら誰が犠牲になったって構わな……っ」

言葉の途中でパシンと片頬《かたほほ》を張られた。はじめて翔瑠から手をあげられたのだが、なぜか自分より翔瑠のほうが驚いた顔をしている。

「……ごめん」

「翔瑠が謝ることなんてないじゃない。悪いのは僕なんだから」

「……あのさ、統瑠は僕に嫌われたいの？」

寂しそうに聞かれたが、統瑠は、肯定も否定もできず、うつむいた。

「だって、好かれるわけがないんだ。僕みたいなのは」

「なんでそう思うの？」

思い浮かぶのは弟が死んだ日のことだ。

自分が本物の『翔瑠』であると言い出せなかったのは、バレたら殺されるという恐怖からだけではなかった。

弟が殺された時間、約束をしていた秘密の入れ替わりはすでに解けていたはずだったのだ。本当だったら統瑠は弟が待つ自分の部屋に戻っていなければいけなかったのだが、統瑠はわざと遅れた。

自分を弟だと思い込んで甘やかす父親と離れ難く、少しだけと約束の時間を破ってしまったのだ。

自分が弟であればいいのに、と。その願いは思いがけず叶ってしまった。

「僕は弟の死を願うようなやつなんだよ。あの子が殺された時だって、自分が助かったことを喜んで、ちっとも悲しまなかった。そんなやつ、君に好かれる資格なんて……」

「……今さら、何言ってんの？」

呆れたような声に反応して顔を上げると、そこにあったのは軽蔑の眼差しではなかった。

「……僕は君に『翔瑠』の名前をもらった時、嬉しかったよ。その時にその名を持っていた子供がそれをどう思うかなんて考えもしなかった。本当に悲しまないっていうのはね、何も思わないことを言うんだよ」

僕のほうが罪深いんじゃないか、と笑われて、統瑠は言葉を失う。

「ねえ、勝手に一人で悩まないでよ。そんなに僕は頼りにならない？」

翔瑠は手を差し出してくる。その手を取ることもできずに統瑠は黙って見つめた。

「……ねえ、僕、好きな女の子より君を取ったよ。それでも足りないかな？」

翔瑠の言葉に何年かぶりに涙腺が緩みそうになって、統瑠は歯をくいしばった。

イベント7　崖落ち

少しの浮遊感を味わった後、衝撃と共に派手な音が聞こえた。

全身を包む冷たさと泡に、水に落ちたのだと悟ったあたしは、慌てて水面に向かって泳ぐ。

ぷはっと水面に浮き上がると、頭上に岩肌が見えた。

生きていることには安堵《あんど》するが、水が冷たい。

このまま泳いでいたら、夏といえど凍えそうだ。

とにかく水から出ようと、岸に向かって泳ぐと程なく、上がれそうな岩場に辿《たど》り着いた。

岩の出っ張りに捕まり、身体を引き上げる。なんとか全身を水から引き上げたところで、あたしの体力は尽きた。

ぼたぼたと服や髪から水が滴《したた》り落ち、辺りに水たまりができる。

ああ、ひどい目にあった。崖から突き落とすとか本当に殺す気か。

ここがどこだかも未ださっぱりわからないし、ずぶ濡れだし。今後の見通しは全く立たない。

とりあえず、しばらくは動けそうもないので、あたしは仰向《あおむ》けに寝っ転がり空を見上げた。

山奥のせいか、相変わらず綺麗《きれい》な星空だ。

さっき統瑠に星の見方を教えてもらったばかりだが、すっかり頭から抜け落ちてしまった。

どれが北極星だろう、と視線だけで探しながら、ぼんやり考える。

ああ、本当になんで毎度こんなことになるのやら。

それともこれは自業自得というものなのだろうか。

あたしは統瑠に翔瑠と天城さんは裏切らない、いつでも彼らは統瑠を選ぶと言い張ってしまった。

おそらくそれが真実かどうか試そうと、統瑠はあたしを突き飛ばしたに違いない。

頭がおかしいとしか思えないが、事実、あたしは水に落ちた。

一方、あたしを突き落としたと同時に崖に身を躍らせたはずの統瑠が近くにいる様子はない。

それはあたしの言ったことが正しかったのだという証拠だ。しかし、まったく嬉しくなかった。

おそらく統瑠と翔瑠がいるだろう、頭上の崖を見上げていると、背後でがさりと音がした。

音のした方向を見ると、月明かりに照らされた一人の青年。

死亡フラグにたたられているとしか思えない、月下騎士との遭遇率の高さに涙が出そうだ。

「っ！　……お前は……」

あたしのいる岩場から少し離れた木立の間から現れたのは蒼矢会長だった。

相手もまさか、あたしに遭遇するとは思っていなかったようで、驚いている。

月明かりに照らされ青く輝く髪と夜闇《よやみ》に輝く赤い瞳は廃屋での恐ろしい光景と重なり、あたしは一瞬ここがどこだかを忘れるほどのパニックに襲われた。

「あ、やっ……っ！」

あせって逃げ出そうとするが、濡れた岩場に足を滑らせてしまう。

再び水音を響かせ、水中に落ちたところで、足に激痛が走った。

つった、足がつった！

さらにパニックを起こしたあたしは水中でむちゃくちゃにもがいた。しかし、うまく浮上できず、むしろ、引きずり込まれるように沈んでいく。

息苦しくて、口を開けると、空気が抜けて代わりに水が入り込んできた。

やばい、溺れ死ぬ。まさか、ここで溺死《できし》するのか？

それがあたしのこのゲームでの死因なのだろうか。

いやだ。本当にあと少しなのに。なんのためにここまで頑張ったというのか。

あたしは諦めまいと揺らめく月明かりを映す水面に向かって手を伸ばす。

すると突然、伸ばした腕を掴《つか》まれ、強い力で抱《かか》え上げられた。

「……っぷは、ゲホゲホゲホ……！」

水面に顔を出し口を開けると酸素が押し寄せ、あたしは盛大に咳《せ》き込んだ。

足も痛いが、水が入って鼻の奥も痛い。苦しくて涙が滲《にじ》むが、なんとか生きている。

しばらくして咳《せき》が収まったころ、耳元で声がした。

「……大丈夫か？」

その声にびくっと身体が跳ねる。

気が付くとあたしは会長に抱きかかえられていた。

沈まないように腰に回された腕が、いつかの夜の恐怖を思い出させ、あたしはパニックに陥《おちい》る。

「っ、暴れるな。また溺れる」

溺れるという言葉に反応して、あたしは悲鳴を呑み込んだ。

だが恐怖が去ったわけではなく、あたしはガタガタと震える。

「落ち着け。何もひどいことはしない」

会長はなだめるようにあたしの背中を撫《な》でるが、全く効果はなかった。

彼に吸血された時の痛みと死への恐怖に、心臓が張り裂けんばかりに音を立てる。

せっかく水死を免《まぬか》れたというのに、意識を失いそうだ。

「お願いだ。怖がらないでくれ」

ふいに懇願するような声が聞こえた。その声が誰かに似ている気がして、一瞬恐怖が薄らぐ。

それまで声優さんと同じ声だと、それだけしか意識していなかったそのトーンが頭に浮かんだ誰かに似ているのは考えてみれば、血縁なのだから当たり前か。

『怖ない、怖ないよ』

優しく子供をあやすような声が頭に響く。あたしはきつく目を閉じた。

怖くない、怖くない。

ともすれば忘れそうになる呼吸を必死で整え、自分に言い聞かせる。

今の会長は安全だ。あの時みたいに暴走しているわけじゃない。

むしろ今は混乱して暴れるほうが危険だ。

足はまだ動きそうにない、会長に手を離されればあたしは溺れるしかないのだから。

優しい声と腕を思い出し、徐々にあたしは冷静さを取り戻す。

腕の中でおとなしくなったあたしの頭を会長が撫《な》でた。

「……よし、いい子だ」

耳元にホッとしたような彼の吐息がかかる。

まだ、少し恐怖に震える身体を抑えるため、会長の服を手が白くなるまで強く握りこんでしまうが、会長はそれ以上何も言わず、あたしを陸に引き上げてくれた。

そのまま陸地に下ろされ、ようやく会長の手が離れる。

彼と距離ができたことに思わずホッとしてしまった。

助けてもらったのに失礼だとは思うが、こればかりはどうしようもない。

「あ、ありがとうございます」

「お前が多岐か？」

「っ、なぜあたしの名前を……？」

桃李と話していたところに遭遇した時は名乗らなかったはずだ。

「……聖に聞いた」

え？　聖さんにって。会長と聖さんってそんなに接点なかったと思うんだけど。

それともあたしの与《あずか》り知らぬところで、二人のイベントは進行していたのだろうか。

「それにしても、お前はなんでこんな場所にいるんだ」

聞かれて、困ってしまった。むしろこっちが知りたいのだ。

「ここはどこなんでしょうか？」

「知らないのか、ここは……」

何か言いかけた会長の言葉にかぶって吹いた風に、くしゃみが出た。

同時に悪寒も走る。うう、さ、寒い。

冷たい水にさらされた身体は芯から冷えきっており、夏だというのに歯の根が噛《か》み合わない。

震えていたら、突然ばさっと何かをかけられた。

突然視界を塞《ふさ》がれたことには驚いたが、身体が温かくなったことに気が付いて、そっと手に取った。

それはフード付きの紺色のサマーコートのようだった。

そう言えば、水に飛び込む前まで会長が服の上から着ていたような。

「着とけ」

「でも、会長も濡れて……」

「いいから。俺とおまえじゃ鍛え方が違うんだよ」

そこまで言われたら、無下《むげ》にもできないし、そもそも本当に冷えきっていて寒い。

「……じゃあ、お言葉に甘えます」

「ああ、なんにしても戻ったほうが良さそうだな。ここじゃ落ち着いて話もできない」

そう言ってしゃがんで背を向けてくる会長にあたしは首を傾《かし》げる。

「あの、なんですか？」

「何って、おぶされ。どうせ動けないんだろ？」

言われて、顔が引きつった。会長におぶさって帰るとか、万が一誰かに見られて、それを暮先《くれさき》先輩にでも知られたら……

「け、結構です。適当に帰りますので、捨て置いてください」

「そんなわけに行くか。ここがどこだかも知らないんだろう？」

「それはそうですけど、でも……」

それでも躊躇《ためら》うあたしに、会長の顔が曇《くも》った。

「拒むのは、やはり俺が怖いからか？」

確かにそれもある。今はなんとか平常心を保っていられるが、また錯乱しないとも限らない。

だが傷ついたような会長の顔を見た後では言いづらく黙り込むと、何を思ったのか会長が振り返り、その場で胸に手を当てて跪《ひざまず》いた。

「何もしないと月下騎士の名にかけて誓う」

凛《りん》とした声で真っ直ぐ告げられた誓いに、あたしは息を呑んだ。

「騎士則に則《のっと》り、絶対に危害など加えないし、お前の不利益になることはしない。どんなものからもお前を守る……だから、今だけでも俺を信じろ」

あたしは会長の誓いにそれ以上何も言うことができない。

騎士則とは、名前の通り、月下騎士会の心得などを記した規則のようなもの。

学園を、ひいては生徒を守る騎士の立場にあるという自覚を促《うなが》すものであり、月下騎士自身の行動を縛るものである。

これに則って立てられた誓いは、誓約者自身の命をも縛る。

なんでそんな物騒なものが学園の生徒会ごときにあるのかといえば、もともと月下騎士の前身が、学園の創始者を守る騎士たちだったからだ。

彼らはある日突然いなくなった創始者がいつでも学園に帰ってこられるよう、学園とその生徒たちを守るために組織を作った。それが現在の月下騎士の前身だといわれている。

騎士則の存在は一般生徒にも知られているけど、詳しい由来云々《うんぬん》は一般生徒には知られていない。

……ここは、中世欧州《ヨーロッパ》か。

そんな騎士則だが、今では形骸化《けいがいか》しており、実際に破ったところでそれを裁く機関があるわけではない。

ただ、月下騎士の誇りである騎士則を破っても平気でいられるような者はそもそも月下騎士に選ばれない。

それゆえに、会長の本気がわかり、困ってしまった。

「お気持ちはありがたいんですが……」

「ならばどうしたら信じてくれる？」

あたしの言葉に、膝をついたままの会長がすかさず言い募《つの》る。

その姿はあたしにとってあまりに現実感のない光景だった。

そもそもなぜ会長はこんなに根気強くあたしの理解を待ってくれるのだろう。

会長の力をもってすれば、あたしなど簡単に操ることができるのに。

ここに放っておけなんて、そんなのあたしのただのわがままだ。無理やり連れて帰ったところで、誰も責めないだろう。

ヒロインに頼まれたとしても、会長にここまであたしの気持ちを尊重する義務はない。

そっと二メートルほどの間隔を開けて膝をつく会長を見つめる。

会話するにはやや離れた距離はきっと、会長の優しさだ。

傲慢なところもある人だが、人を気遣える心を持っている。

そんな会長をこれ以上自分のわがままに付き合わせるわけにはいかなかった。

「別に何もしてもらう必要はありません」

「だが、それでは……」

「騎士則に誓ってもらうほどのことではないというだけです」

呆然とする会長にあたしは「お手間をかけますが」と深々と頭を下げた。

それから、再び背を向け屈《かが》んだ会長に、あたしはおぶさった。

会長は道がわかっているのか、迷いなく歩いていく。

「……すみません。会長、重くないですか？」

「お前一人くらいどうってことない」

その言葉は嘘ではないようで、あたしを背負っているというのに、会長の足取りはとてもしっかりしていた。

足取りは安定しているのだけれど、会長の背中にいるのは落ち着かない。

「すみません。疲れたら言ってくださいね？　いつでも下ろしてもらって構いませんから」

むしろ下ろして欲しくて言えば、呆れた声が返ってくる。

「なんか、さっきからそればかりだな、お前」

会長が肩ごしに振り返る。

至近距離で視線が合い、あたしは息を呑んだ。

「あ、悪い」

瞬間、ガタガタと震えだしたあたしに気付いて、会長が前を向く。

視線が外《はず》れたのにホッとして、呼吸を整え、震えを抑えた。

しばらく深呼吸を繰り返していれば、その間会長が立ち止まってくれる。

ようやく、震えは収まるが、会長に申し訳なくてうつむいてしまった。

「すみません」

「……謝るな。それよりしっかり掴《つか》まっていろ」

会長はあたしの反応に何も言わずに、再び歩き出す。

結局、騎士則に誓われ背負われても、あたしの恐怖心は払拭《ふっしょく》できていなかった。

会長に触れると勝手に身体が震えて、恐怖で混乱しそうになる。

それでもなんとか、背負われていられるのは、顔が見えないからだ。

背中なら恐怖の象徴である牙《きば》で襲われることはない、という無茶な理屈で自分自身の恐怖を騙《だま》している状態だった。

それでも抑えきれない小さな震えに気付いているのだろう、会長の寂しげな様子に心の痛みが半端ない。

とはいえ、だいぶましになったと思うんだよな。

すでに誘拐事件から三ヶ月近く経《た》っている。

桃李の背中に隠れていた時に比べれば恐怖心は随分弱くなってきたように思う。

後もうひと押し、何かがあれば克服できそうな気がしていた。

だがそれがなんなのかわからない。必死に恐怖を押し殺しているだけの今の状況で、それがわかるとも思えなかった。

「なあ、お前に、姉妹はいるか?」

「いません」

突然質問され、なんでそんなことを聞かれるのかわからないまま首を横に振った。

「じゃあ、親類に自分に似た女がいるという話を聞いたことはないか?」

「わかりません」

「わからないって、どういうことだ?」

「母以外の親族は知らないんですよ」

あたしは父親似なのだが、あたしが生まれる前に父は全ての親類と死別しているらしく、天涯孤《てんがいこ》独《どく》だった。母方も似たようなものだと聞いている。

そう思うと、あたしも両親も肉親と縁の薄い人間だ。

前世のあたしはどうだったのだろうと、ふと考える。

不思議な話なのだが、あたしの記憶は『吸血鬼†ホリック』に関連するものしか蘇《よみがえ》っていなかった。

このゲームをやっていただろう前世の自分に関する記憶はない。

前世のあたしの名前も、容姿も学歴も家族構成も、ゲーム以外の趣味嗜好《しこう》も思い出せないのだ。

ただ、設定資料集やゲームに関するネット情報などを事細かに覚えている点を考えると、かなりのゲームオタクだった、ってことは推測できる。でも、その割には他のゲームの記憶もないんだよね。

果たしてあたしはどういう人物だったのだろうか。

思い出すのが怖いような気がするので、今まで考えないようにしていたが、どうして死んだのだろう。家族がいたらその死を悲しんでもらえるような人だったのだろうか。

「あ、その……すまない。辛《つら》いことを思い出させた」

思わず黙り込んでいたら、会長が気まずそうに言った。

もしかして、あたしが前世について考えていたのを、家族を偲《しの》んでいたと思ったのだろうか。

前世の家族のことを考えていたのだから間違いではないが、そもそも覚えてもいない人たちのことだ。薄情かもしれないが、なんの思いも感傷もない。

それに、今のあたしにだって、藤崎家の人たちがいる。

血縁がいなくて寂しいと思ったことはほとんどなかったので、むしろ会長の謝罪がむずがゆい。

「謝らないでください。あたしは気にしてません」

「だが……」

「それより、なんでそんなことを聞くんですか？」

気にしていない家族構成で謝られるより、むしろそちらのほうが知りたい。

「お前に似てる人に会ったことがあるんだ。もしかしたら親類かと思ったんだが……」

そのまま考え込む会長の後頭部を見ながら、あたしは鼓動が速くなるのを感じた。

も、もしかして……、疑われているのだろうか。幽霊があたしだって。

会長に似ていると言われて、思い当たるのはそれしかない。

まあ同一人物だし、今だって幽霊と同じような濡《ぬ》れ鼠《ねずみ》姿を晒《さら》してしまっている。

むしろ現時点で、幽霊の正体があたしだとバレていないほうがおかしい。

……でも、あたし＝幽霊、って、知られたらかなりまずくないか？

幽霊の時にしでかした数々の狼藉《ろうぜき》を思い出し、冷や汗が止まらない。

初対面で会長を馬鹿にしたし、六月の誘拐事件の時は胸ぐら掴《つか》んだ上で、気絶した彼を叩《たた》いた気もする。

自分の行動を思い出し、あたしは目の前が真っ暗になった。

こ、こんなのバレた日にはよくても退学、悪くすると会長のファンか暮先先輩に殺される！

恐ろしい未来予想図に気が遠くなりそうだったが、かすかに残る希望にすがって自分を叱咤《しった》する。

……いや、まだだ。まだはっきりしたことを言われたわけじゃない！

「そ、そんなに似てるんですか？　その人にあたしが……」

「……正直、最初に会った時は本人かと思った」

会長の言葉に声がひっくり返りそうになる。

「その人って、どんな人なんですか？」

全然関係ない人の話だったらいいのに、という願望がこもった質問だった。

答える会長の声にはなぜか柔らかい慈《いつく》しみが混ざっている。

「……とても優しくて強い人だ」

語られる内容があまりに予想外で、あたしに冷静さが戻ってきた。

誰だ、それは？

「理知的で勇敢で誰よりも心が綺麗《きれい》な人だった」

頭の中が疑問符だらけのあたしに気付かない会長はさらに説明する。

ヤサシクテツヨクテリチテキデユウカンデココロガキレイナヒト。

その人物像を思い描き、一つの結論に行き着く。

――うん、それあたしじゃない。

じゃあ、誰だという疑問はあるが、きっと知らない人なのだ。

ほら、世の中には自分に似た人が三人はいると言うし。

似ていると言われたからって、幽霊と結びつけるのは少々強引だったかもしれない。

そう思って安堵《あんど》していたら、会長があたしを片手で抱《かか》え直し、おもむろに空いた手で胸ポケットから何かを取り出した。

「これはその人の落とし物なんだ」

……見間違いだろうか。

だがどう見ても、会長の手からぶら下がるものはあたしが香織からもらったキーホルダー。

うわーっ！　やっぱりさっきのって、幽霊のことか。

優しいとか理知的とか心が綺麗《きれい》とか……。やめよう、思い出しただけで鳥肌が。

本気で誰だよ、それ？

なんで、会長ってば記憶の中で幽霊を美化してんの？

何が、どうなったらそういう認識になるんだ？

何があった、会長の残念脳内回路！

混乱するあたしに会長は相変わらず気付かない。

ひたすら切なそうにキーホルダーを見つめている。

「これはな、その人の形見みたいなものだ」

会長の言い方に引っかかりを覚え、一瞬思考が戻る。

そりゃ幽霊だけど、まだここにこうして生きてんのに形見とか、縁起でもない。

「形見、ですか」

「……ああ、もしかしたら俺は彼女を殺してしまったかもしれないんだ」

会長の後悔に満ちた声にあたしは息を呑む。

「殺したって……」

なんでそんな残念な思考に？

「もちろん殺したというのは言葉のあやだが、最後に別れる直前に俺は彼女にひどいことをしてしまった」

ひどいことって、もしかして吸血のことだろうか？

あの暴走した時のことを覚えているのだろうか。

それ以来行方がしれない、と会長は溜息《ためいき》を吐《つ》いたあと、独り言のように漏らす。

「約束してたんだ。後で話そう、って。なのに彼女は何も言わずに消えてしまった」

……そんな約束しただろうか？

あの時のことはあたしも熱に浮かされていたから、結構うろ覚えなんだよな。

あー、うー、した？　いや、してない？　んー、したかもしれない。

「言い訳だが、あんなことをするつもりはなかったんだ。謝るだけじゃ済まないかもしれないが、謝りたい」

苦しげな会長の言葉があたしの心に響く。

これまであたしは、ずっと自分が一方的な被害者だと思っていた。

傷つけられ怖い思いをして、心的外傷《トラウマ》にまでなった。

だが、会長の様子を見て、わからなくなった。

過剰に怯えるあたしを見ても会長は今、こうして助けてくれている。

もともと誘拐事件の時だって、あきらかにいろいろ怪しいのはあたしのほうだった。それなのに、あたしの願いを聞いて、一緒に来てくれた。彼だってあの時は命の危険があったのに。

考えてみれば、事件に会長を巻き込んだのは紛れもなくあたしのほうだ。

それは、あたしを脅して無理やり車に乗せた黄土兄弟とどう違う？　そんな自分がいつまでも被《ひ》害者面《がいしゃづら》しててよいのだろうか。

「会長、あたしはそんなにその人に似てるんですか？」

「……ああ、さっきも言ったが、本人かと思うくらいだ」

そりゃ本人だからな。だがそんなことは言えない。

「声は？」と聞けば、当たり前だが「似てる」と答えが返ってきた。

「……だったら」

あたしはそっと目を閉じ、会長の首に回した腕の力を少しだけ強めた。

あたしの行為に会長が身体を強張《こわば》らせるのを感じたが、無視してしがみつく。

自然抱き締める形になって、羞恥《しゅうち》を覚えるが、既に背負われている時点で今さらだと思いなおして、再び会長に身を寄せる。

もう震えていないことを伝えるにはこれが一番だと思ったのだ。

そう、あたしの震えはいつの間にか止まっていた。

完全に恐怖が払拭《ふっしょく》できたとはいかないまでも、会長を見るだけで震えるということはなくなっていた。

おそらく、会長の懺悔《ざんげ》を聞いたから。

あの懺悔を聞くことが、会長への恐怖を克服するための最後のひと押しだったのだろう。

会長からの謝罪を聞いて、自分の罪を自覚した今、あたしは彼を怖いとはもう思えなかった。

震えるあたしをずっと悲しそうに見ていた会長。

恐怖心を克服できたことをどうしても伝えたかったのだが、言葉では伝えられそうになかった。

だって、なぜ克服できたか聞かれても答えられない。

怯えていないことを知っては欲しいが、理由は聞かないでほしい。

そんな身勝手なことしか考えないあたしは本当に自分本位だと思う。

でもだからこそ思い切ってできることもある。

あたしは腕をゆるめて、思いついたことを会長に伝えた。

「会長、あたしに謝罪してください」

本人に言えないなら、似てるあたしに謝罪したら少しは気持ちが軽くなるんじゃないか、と提案すれば会長はわずかにたじろいだ。

「いや……気持ちは嬉しいが、ダメだ」

「なぜです？」

「なぜって。そりゃ、謝罪は本人にするものであって……」

「確かに意味はないですけど。じゃあ、なぜ会長はあたしにその人のことを話したんですか？」

質問に口ごもった会長に、誰かに聞いてほしかったからだろうと指摘した。

「謝罪できるあてがないことが苦しかったんでしょう？　あたしを身代わりにしていいですよ」

「だが……」

「そんなに難しく考えなくていいんですよ。予行演習と思えばいいんです」

会長はしばらく逡巡《しゅんじゅん》していたが、やがてポツリと呟《つぶや》いた。

「……すまなかった」

悲しみに満ちた声が聞こえ、あたしは思わず目を伏せた。

「痛い思いをさせるつもりはなかったんだ。でも結果的にお前を傷つけた」

ごめん、と謝罪を受けて、あたしは幽霊としてそっと会長に言葉を告げる。

「謝罪は受け取りました。でも許すと簡単には言えません」

「お前、そんな……っ！」

あたしが会長の肩に回した腕に力を込めると、会長の不満そうな声が途切れる。

「でも、約束を守らなくてごめんなさい」

本当は謝りたいことはたくさんあった。

ずっと怯えてて、ごめんなさい。

ずっと後悔していたことを知らなくて、苦しめて、ごめんなさい。

あたしが巻き込んだのに、一人で逃げてごめんなさい。

けれど、それらは幽霊しか知らぬことだから、心の中だけにとどめる。

それでもこれだけは伝えなければと、声を出した。

「ずっと気にしていてくれて、ありがとうございます」

あたしの感謝に、会長が一瞬その歩みを止めた。

だが何も言わず、あたしたちの間に沈黙が落ちる。

どのくらいそのままでいただろうか。さほど長い時間ではないとはいえ、何も答えない会長にあたしはそわそわしはじめた。

自分がとんでもなく恥ずかしいことをした気がしてくる。

「……と言ってくれるんじゃないですか？　会長が謝りたいと思う人は」

気まずい空気にわざと明るく振る舞いながら、会長の肩から少し身を離せば、ようやく会長が口を開いた。

「……お前は不思議な奴だな。お前に言われると本人に言われた気になる」

そりゃ本人だからな。

だがあたしの言葉が幽霊からのものとはわからない会長の罪悪感が消えることはないだろう。

まだ彼を苦しめ続けてしまうことに心苦しさを感じるが、さきほどよりは明るくなった会長の声に、あたしは少しホッとした。

「あたしからも。助けてくれてありがとうございます」

「……お前が無事でよかったよ」

会長の優しい声に、ほんのり心が温かくなる。

それから、会長はまた歩き出した。

震えが収まったお陰で、幾分リラックスして会長の背に揺られていると、ふと会長の胸ポケットの中に再び戻ったキーホルダーのことが気になる。

なんとかあれを返してもらうことはできないか。

呪いのキーホルダーだし、何より香織からもらったものだけに取り戻したい。

しかし、自分のものだとも言えないし、どうしたものかと悩んでいれば、会長が突然声を上げた。

「ああ、ようやく建物の明かりが見えてきたな」

声につられて見ると、確かに遠くに小さな明かりが見えて、ホッとする。

いくら月明かりがあって真っ暗でないとはいっても、人工の明かりのほうが安心できた。

徐々に建物に近づく内にそれが合宿所ではなく、昨日の朝までお世話になっていた真田さんの別荘だということがわかる。なぜこちらに、と思わないでもないが、会長に背負われている状況を思うと、そのほうがありがたかった。

「……？　玄関先に誰かいるな」

会長の声に目を凝《こ》らすと、誰かまではわからないが、確かに人影がある。

「あ、あの。会長、もうここで。下ろしてください」

あれが誰であれ、会長におんぶされているところなんて見られたくない。

しかし会長は慌てることなく、柔らかい口調であたしをなだめた。

「心配しなくていい。あそこにいるのは円……、月下騎士会の会計だ」

信頼できるやつだから大丈夫、という会長の言葉だが、あたしはもっと青ざめた。

「いや、本当に下ろしてください」

「何を言ってるんだ？　まだ歩けないだろう」

じたばたしはじめるあたしだが、会長は下ろしてくれない。

そうしている間に近づく明かり。あたしはとっさに会長のコートに付いていたフードを目深《まぶか》にかぶった。顔を見られないようにあたしが会長の背中で身を縮こまらせたのと同時に紅原の声が聞こえる。

「会長！　どこまで行ってはったんですか？　この非常時に」

しかも携帯忘れてったでしょ、と立腹気味の紅原に会長が心のこもらない謝罪を返した。

「すまんすまん。だが、どうせ山奥なんだし、圏外だろ。問題あるか？」

「だから、無線も用意した言うたでしょ？　どっちか持ってけ言うたのに……。ただでさえ、居場所のわからん奴が多いから……て、あれ」

そこで何かに気付いたように声を上げる紅原にあたしはますます会長の背中で小さくなるが、もともと小柄でもないので隠れきれない。

「会長、誰か背負って……て、多岐さん？」

早々に正体までバレた！　いや、隠れられるとは本気で思っていなかったけど。

「なんで多岐さんが会長に背負われとるん？　しかもそれ会長のコートやんな。なんでそんなん着てんの？」

……なんだろう。なんか紅原の声がどんどん低くなっていく気がするんだけど。

その声に会長の背中の居心地がどんどん悪くなる。

「あ、あの会長、やっぱり下ろしてください」

「え？　あ、おい」

あたしが会長の背を押すと、紅原との会話に意識が向き気を抜いていたらしい会長の腕は、案外簡単に外《はず》れた。

もっとも、地面に降り立った瞬間、忘れていた足の痛みに襲われる。

「っ～～～～～!!」

思いがけない激しい痛みにその場にへたり込みそうになるが、両側から伸びた腕に支えられ、なんとかしりもちをつくのは避けられた。

それでもふくらはぎが痙攣する痛みに立っていられず、ゆっくりと座ろうしたら、左側から腕を引かれる。

「何？　怪我《けが》しとるの？」

声に顔を上げれば、いつの間にかフードが取れており、はっきり紅原と目が合う。

その顔に、一昨日の夜を思い出し、顔が赤くなった。思わずうつむいて黙っていると、代わりに、あたしの右腕を離さないまま会長が症状を説明する。

「水に落ちて、多分足がつったんだろう。そのせいで、溺れてたのを引き上げたんだ」

「溺れたって。そういえば、濡れてるけど、何があったん？」

聞かれて、返答に困る。これはどこまで話すのが正解なのかさっぱりわからなかった。

何せ、あたしが吸血鬼の存在に気付いていることが統瑠にバレているようなのだ。

統瑠が今後どんな行動を取るかわからないだけに、下手なことは言えない。

「……すみません。あたしも何が何だか、よく覚えてなくて」

ただ、講習後に合宿所の部屋に戻ったらドアにメモが挟まっており、その指示にしたがったら、気を失い、気が付いたら泉にいて、会長に会ったのだということにしておいた。

本当はメモのことも言うかどうか迷ったが、あまり事実と離れたことを言うとボロが出やすいと思ったので、それはそのままに伝える。

「……メモ？　それがあったから、部屋で待っとらんかったん？」

紅原はあたしの左腕を引き寄せた。彼の声が責めているようで気まずい。

「……はい。ここに来てくれって、地図が書いてあって」

「名前は書いてなかったのか？　今、そのメモは持ってるか？」

今度は会長に腕を引かれ、あたしは首を横に振る。

待ち合わせ場所で気を失った時まではあのメモを手に持っていたはずだが、おそらくその時に落としたのだろう。それきり、目にしていない。

「宛名も、送り主の名前もありませんでした」

「そんなメモ、なんで信じたかな？」

「それは……っ！」

再び左手を引っぱられ、あたしはそちらを見た。紅原は言い逃れは許さないとばかりにあたしの頬《ほお》に手を当てて、視線を逸《そ》らそうとするのを阻止する。その表情はどこか悲しそうに見えた。

そう思うのは、紅原に会いたくない一心で、あんなメモに従ってしまった罪悪感からか。

「紅原様はお忙しくて、迎えに来られないのかと思って」

「……そういえば、お前らなんで、待ち合わせをしてたんだ？」

聞きながら会長が右手を少し強引に引いたので、紅原の手が外《はず》れた。それに安堵《あんど》しながら、会長に説明する。

「あの、真田さんと明日のお茶会の手伝いをする約束をしてまして。その会場までの案内を真田さんが紅原様に頼んでくださったのでお迎えを……」

しかし説明の途中で紅原に左手を引かれたかと思うと、いつの間にか肩を抱かれていた。

「迎えに行ったら、君がいなくて、心臓が凍りつくかと思ったわ」

「あ、あの。紅原様……っ！」

思わぬ密着具合に、顔が赤くなっているのか青くなっているのか自分でもわからない。

あ、あれ？　なんだ、この状態。

混乱する中、またも会長に腕を引かれるが、今度は肩に回った紅原の腕が邪魔をして動かなかった。するとなぜか、会長が紅原の手を外そうとその手を掴《つか》む。

「こいつを助けたのは俺だ」

そう言いつつ、紅原の手を剥《は》がし、会長は再び自分のほうにあたしを引っ張る。

しかし、左腕は紅原に掴まれたままで、あたしは会長と紅原、両サイドから引っぱり合いされる。

「それは会長、ありがとうございました。後は俺がこの娘《こ》の面倒を見ますから、手を離してくれますか？」

「な、ちょっと待て。なんでそんな話になる！　こいつは俺が拾ったんだから、お前が離せ」

そのまま睨《にら》み合う二人に、呆然とした。

なんだか二人とも非常に怖い。何を考えているのか。吸血鬼、わからなすぎて怖いよ。

とりあえず、腕が痛いと訴えると、二人とも力を緩めてはくれるが、離してはくれない。

「会長、離してください」

「お前こそ離せよ」

互いにゆずらない二人に、「離して」と言えば――

「一人で立てないくせに何を言う」

「せや、絶対一人じゃ無理や」

二人に責められた。仲がいいのか悪いのかはっきりしてほしい。

「とにかく、怪我《けが》してんのやったら病院に行かな。俺が付き添いますし、会長はここで」

ニッコリと笑って、さも当然のようにあたしを抱《かか》えあげようとする紅原を会長が慌てて阻止する。

「だから、ちょっと待て。勝手に決めるな。病院へは俺が連れていく」

「せやかて、もしかしたら、そのまま学園に帰ることになるかもしれんし。会長三年やし、今年最後のお茶会を楽しみにしとる生徒もいるでしょ？」

「別にお茶会の機会はまだあるだろう。とにかく、そいつは俺が見つけたんだから、最後まで責任をもって送り届ける」

うう、二人共、そんな親切心いらないよ。

とにかく先ほど、二人まとめて説得することには失敗したので、一人ずつお願いすることにした。

「あ、あの。会長は残ってください。ここまで連れてきてくださっただけで、もう十分です」

すると、なぜか会長は見る間に不機嫌になる。

「っ、それは円がよくて、俺は嫌――そういうことか？」

「そういうことじゃなくて……」

「じゃあ、まだ俺が怖いからか？」

「それとこれとは話が違って……」

どう説明したら納得するのか考えあぐねていたら、紅原が口を挟んできた。

「会長。そんな風に聞いたら、多岐さん困るやろ。それに……怖いってどういうこと？」

紅原の声に怒気を感じて背筋がゾクリとした。

一体何が彼の地雷だったのか全くわからないあたしは二人の間でオロオロするしかない。

しかし、怒りを向けられている会長は紅原の様子など構わず、あたしにばかり視線を向けてくる。

「円には関係ない。それより答えろよ」

腕を掴《つか》んでいるほうと異なる手があたしの肩に伸びた。

しかし、その手はあたしに触れることなく、その直前で紅原に止められる。

「……なんのつもりだ」

紅原の行動が意外だったようで、会長がようやく紅原に視線を向けると、紅原は静かに再び質問を繰り返した。

「なあ、どういうことなん？　怖いって」

「っ離せ、円。あくまでもこれはこいつと俺の問題だ。お前は関係ない」

「答えて、会長」

声を荒らげることなく、平坦な声で質問を繰り返す紅原からは、普段の茶化すような雰囲気が感じられない。いつにない雰囲気の紅原にたじろいでいた時だった。

「いいかげんにして！」

高い声が響き、突然白い手が会長と紅原の肩を突き飛ばした。

まさにふい打ちの一撃に、紅原も会長もよろめいた。そしてあたしの腕を離したのは良かったが、あまりに唐突すぎて、二人の支えを失ったあたしはその場でひっくり返りそうになる。

しかし、背後から柔らかい人の手があたしを抱きとめた。

「環ちゃん！　大丈夫」

「ひ、聖さん!?」

まさかのヒロイン登場にぎょっとするも、聖さんはそっとあたしを地面に座らせ、背後から抱き締めてきた。

「声が聞こえたからもしかしてと思って。急にいなくなるから、探したよ」

背中に感じる彼女の温かさに申し訳なくなる。

「ご、ごめんなさい」

「本当だよ。しかもびしょ濡れだし何があったの？」

「利音。とりあえず質問は後。先に風呂」

それから病院も、と真田さんの声が降ってくる。

いつの間にか真田さんが聖さんの背後から覗《のぞ》き込んでいた。

「それにしてもすごい姿だね多岐さん」

立てるか、と手を差し出され、二人の手を借りて立ち上がる。

そのまま片足立ちで支えてもらうが、それだけでも涙が出そうなほど痛い。

「環ちゃん、大丈夫？」

「だ、大丈夫」

こう言っておかないと、紅原か会長が手を貸そうとしてきそうだし。

案の定、紅原が真田さんに視線を向ける。

「なあ、希、利音ちゃん。やっぱり俺が運んで……」

「な！　それは俺の責任で……」

「うるさい！　二人とも」

真田さんは学園の権力者二人を強い口調で黙らせる。すごい！

それから威嚇《いかく》するように二人を睨《にら》んだあと、真田さんはこちらに視線を向けた。

「で、多岐さんはどう？　二人に運ばれたい？」

あたしはぶんぶん、と首を横に振る。

「えっと、お二人共お忙しいでしょうから……」

「そうよ！　環ちゃんはあたしが運ぶんだから！」

いや、それは無理だろうと思うのだが、聖さんは本気のようだった。

「大丈夫よ！　これでも力はあるんだから。ほら遠慮しないで。……って、きゃあ！」

無理やり引っ張られたあたしがバランスを崩したので、聖さんもあたしを支えきれず、二人して地面に転がりそうになる。幸い、直前に真田さんが支えてくれたので、転倒は免《まぬか》れた。

「……何をしているんだい、君たちは」

「だって、希～」

「だってじゃないよ。利音、できないことはできるって言っちゃダメだよ」

「むう、できると思ったんだもん」

「思うだけじゃダメ。こういうのはちゃんと準備がいるんだから。ほら、こんな感じに」

真田さんは笑いながら、前触れなくあたしをすくい上げ、横抱きにした。

驚きに声すら上げられずにいたら、真田さんはにっこり笑う。

「ごめんね。多岐さん。私、あんまり力がないから少し首に手を回してくれるかな？」

言われて慌てて身を寄せるように首に抱きつく。すると真田さんの腕は予想以上に安定した。

「協力ありがとう。じゃあ、このまま行こうか？」

笑みを浮かべるその姿が、どこか王子様を連想させる。

失礼かもしれないが、男子よりよほどかっこいいと思ってしまった。

紅原のファンクラブの半分は真田さんのファンという噂《うわさ》も頷《うなず》ける。

「ちょ、希。お前、勝手に……」

「会長、多岐さんが誰を選んだのか、見てなかったんですか？　あと、手が空いてるなら扉開けてください」

それくらいできるでしょう、と真田さんが顎《あご》で示せば、会長は一瞬悔しそうな顔をしたが、玄関の扉を開けてくれた。

会長を顎で使うとか、真田さん本当にすごい。

「ありがとうございます。それじゃ、二人共、多岐さんの面倒はこっちで見ておくから、サボった分の明日の準備をお願いね」

それを最後に、玄関の扉を後から入ってきた聖さんが閉じてしまう。

そのまま、鍵までかけた聖さんは、真田さんに顔を向けて、目をキラキラさせた。

「希、すごぉい！」

確かにすごい。まさか紅原どころか会長まで黙らせるとは思わなかった。

会長と紅原は従兄弟同士で、真田さんは紅原の幼いころからの許嫁《いいなずけ》だ。

その関係で真田さんと会長は互いに知り合いだろうとは思っていたが、まさかここまで言える仲とは思ってもいなかった。ゲームで真田さんは紅原ルートでしか登場しないからなあ。

「それに、お姫様抱っこもいいなあ」

聖さんはうっとりと見つめてくる。もしかしてこの状態が羨《うらや》ましいのか。

まあ、お姫様抱っこって確かに乙女の憧れって言うし。

「あたしも環ちゃん抱っこしたい！」

「え、そっち!?」

思わず、驚いて声を上げれば真田さんは苦笑する。

「利音はサイズ的にかなり難しいけど、頑張ればできるんじゃないかな？」

「鍛えたら環ちゃんを抱っこできる？」

いや、なんであたしを抱《かか》える前提なんだ、と思うのだが、真田さんは無責任に頑張ればできるんじゃないかと煽《あお》っている。

「身体って使い方によっては、自分より大きいものでも持ち上げられるようになってるしね」

「ほお。希は博識だね」

「それもこれも将来のためってね」

「将来って？」

思わず聞き返したら、真田さんは珍しく頬《ほお》を僅《わず》かに染めた。

「そりゃ将来結婚したら介護が必要になる時もあるだろうって」

「え？　介護？　でもそれって随分先の話じゃ……」

舅《しゅうと》・姑《しゅうとめ》の世話にしても今から考えるのって早くない？

「介護士にでもなるの？」

「いや、そんなつもりはないけど？」

「希、年上が好きだからね」

珍しく呆れた様子の聖さんの言葉に耳を疑う。

「いくらなんでも、介護が必要な年齢とかはないんじゃない？」

「いや、さすがに、すぐに介護が必要な年齢は歳上すぎると思ってるよ」

真田さんに苦笑されて、あたしは少しホッとした。だが次の言葉で固まる。

「でも最低でも男は四十代からだよね」

最低って……。驚いているあたしを置いてけぼりにして真田さんは熱心に語りはじめた。

「やっぱり、経験っていうのがこう、滲《にじ》み出てくるような年齢じゃないと男と呼べないよね？」

滲み出る苦労みたいなものを感じるような、とマニアックな萌えポイントをうっとり語る真田さん。もしかして枯れ専ってやつですか？

彼女は若い男に興味がなく、哀愁漂うお父さん世代以上の人間にときめきを感じてしまうという。

もちろん若い男は対象外。

もしかして紅原と真田さんの間に恋愛感情が全くないのはそのせいなのか？

ゲーム中も今も、真田さんと紅原の間には婚約しているにもかかわらず、甘い雰囲気がかけらもない。

だが、真田さんの好みがまるで紅原と外《はず》れているというのなら納得できた。

その事実にあたしは——

「……ホッとした？」

真田さんの声に、ギクッとする。

心の動きを真田さんに読まれたのかと思い、見上げると、真田さんのニマニマ笑いが見えた。

「な、なんで……」

一瞬、吸血鬼と長くいることによって、真田さんも彼らに近い力を手に入れたのかと疑ったが、馬鹿らしい想像に首を振る。

精神を操ったりする能力は吸血鬼でもかなり特異なものと設定資料集には書いてあった。

吸血鬼の花嫁には稀《まれ》に吸血鬼に近い能力を発現する者もいるが、精神系の能力は出ないとも。

では、どうしてと思わないでもないが、真田さんは「さあ、ね」ととぼけるだけで、それ以上何かを言うつもりはないらしい。

その後、真田さんに部屋まで運ばれたあたしは、お風呂を使わせてもらった。

もちろん、露天風呂ではなく、室内にあるユニットバスだ。

あたしは濡れた服を脱ぎ、浴室に入った。

足を庇《かば》いながら、浴槽に入り、蛇口を捻《ひね》って、シャワーを浴びる。

その温かさに、すっかり冷えきっていた身体に血の循環が戻って来る心地がした。

ホッとしつつ、今日のことを思い返せば、本当になんて日だったのかと思う。

眠らされて連れ去られた先で、翔瑠に化けた統瑠から親衛隊に誘われたかと思えば、吸血鬼もどきに襲われて。

気がかりなことは、統瑠にあたしが吸血鬼の存在を知っていると気付かれてしまっていることだ。

考えが読めない子だけに、今後何をされるかわからず、かなり怖かった。

しかし、心配したところで、何ができるわけでもなく、結局はなるようにしかならない。

早々に考えるのをやめ、代わりに今日助けてくれた人の顔を脳裏に思い浮かべる。

真田さんは優しくて、なんのお返しもできないあたしにこうして部屋やお風呂を提供してくれた上、これから病院にまで連れていってくれるという。

聖さんにも心配かけたようで、攻略対象を押しのけてまで駆《か》け寄ってくれた。

会長だってここまで運んでくれたし、紅原にだって随分心配をかけてしまったようだ。

本当に数ヶ月前までは言葉を交わすことさえ考えもしなかった人たちなのに、今はあたしを心配し気遣ってくれている。

「……いや、あの人たちだからじゃないか」

あたしはこの学園に来てから、ずっと一人だった。話しかけてくる人もなく、下手をすれば誰とも喋らず終わる日もあった。

なのに今日一日だけでも、これだけの人と関わり、言葉を交わし、心配をしてもらって。

なんという変化であったのか。

だが、それもあと少しで終わる。

もうすぐ二学期だ。カレンダーの印は十を切ろうとしている。

あと一週間ちょっとで、二学期になり、あたしは聖さんと部屋が分かれ、主人公のルームメイトという死亡フラグ付きの立場でなくなる。

そうなればいつか見た夢のようにみんなと疎遠になり、聖さんが現れる前の、退屈だけど安全な生活が戻って来るはずだ。

あたしには叶えたい夢がある。他のことにかまっている暇などないし、死にそうな体験はもう二度とごめんだ。彼らと関わると、いくつ命があっても足りない。

だから、きっと。

――なんだか寂しいと思う気持ちは気のせいだ。

あたしは蛇口を捻《ひね》った。

上から降り注いでいた水は止まり、最後に滴《したた》った雫《しずく》があたしの頬《ほお》を伝う。

あたしは感傷を振り払うように、頭を一度振って雫を払うと、用意してもらったバスタオルに顔を埋めた。

イベント8　夏の終わり

ようやく迎えた夏期講習最終日。

この日、あたしは前日の疲れから熱を出した。

化け物に襲われたり、崖から落とされたり、ずぶ濡れになったりしたから当たり前といえば当たり前か。

前日、入浴後に連れて行かれた医者に薬を処方してもらっており、今は安静にと、真田家別荘の客室のベッドに押し込まれている。

今この建物には、あたし以外に誰もいない。

聖さんと真田さんは朝早くからお茶会の準備に出かけていった。

何せ、今日はお茶会当日で、あたしが体調を崩そうとイベントは待ってくれない。

しかし、結局何一つ手伝えなかったな。

不可抗力とはいえ、二人に悪い気がするが、心配をかけているのはわかるだけに、部屋でおとなしく寝ているしかなかった。

空調管理のされた部屋で、手入れの行き届いたホテルのようなふかふかのベッドの中は至福の一言。外で働く真田さんや聖さんには悪いと思いつつ、うとうととまどろんでいると、ふいに何かが顔に触れた。ひやりとした感覚が熱を持った肌に心地よい。しかし、なんだか、息苦し……

「ぶっは！」

あたしは飛び起きて、顔を覆っていた濡れた布を引き剥《は》がした。

どうやらハンカチらしいそれは多分に水気を含んでおり、こんなもので顔を覆われたら、そりゃ息苦しいに決まっている。

「殺す気か！」

「あれ？　起きちゃった」

突然横から聞こえた声にぎょっとする。

「な、統瑠様？　どうしてここに!?」

あたしのいる部屋は紅原が使っていた部屋と同じ造りのツインで、サイドテーブルを挟んだもう一つのベッドに統瑠は腰かけていた。昨日と違い普段の統瑠の姿で、しかしなぜか左の頬《ほお》に大きなシップが貼ってある。

濡れハンカチと統瑠という組み合わせに、まさか昨日の口封じに来たのでは、と思えば——

「何って。お見舞いだよ」

「お見舞いなんて。どうしてこんな濡れた布なんかで鼻と口を塞《ふさ》ぐんですか？」

「あれ？　熱が出た時は顔を濡れた布で覆うといいんじゃなかったっけ？」

あっけらかんとした返答に顔が引きつる。

「それは、額にだけです！　あと、もっとちゃんと水を切ってください！　布団が濡れるじゃないですか！」

「布団？　相変わらず、ずれてるねえ。環ちゃん」

「そりゃ、ここはあたしの部屋じゃないし。って統瑠様がどうしてあたしのお見舞いになんか」

「美香ちゃんに言われたから。昨日のことを話したら、美香ちゃん怒っちゃって。すぐに見舞いがてら謝りに行こうって」

そのわりに、天城さんの姿が見えないと思ったが、どうやら統瑠が先行してきただけで、後から追ってきているらしい。

「環ちゃん、なんか美香ちゃんに愛されてるよねえ。あんなに怒ると思わなかったよ」

ちょっと妬《や》けるよ、と笑うその顔が妙に晴れやかなのに気付く。

今までだって統瑠はよく笑う性格だったが、なんというかその笑顔から憑《つ》き物が落ちたような気がする。

「その様子だと。もしかして翔瑠様と天城さんに秘密を話したんですか？」

「お陰様でね」

統瑠は、上体を軽く後ろに倒して、足をバタバタと動かす。

「何を怖がってたんだろうね、僕は。あの子達は絶対僕を裏切らないってわかっていたはずなのに。結局、僕は翔瑠も美香ちゃんも信じてなかったのかなあ」

「それは違いますよ」

自嘲《じちょう》する統瑠にあたしは彼の間違いを指摘する。

「信頼するということと、負担をかけるということは別物ですよ。だから統瑠様の躊躇《ためら》いは別に変なことじゃないです」

あたしだって、どんなことがあっても香織や竜くんが裏切らないとわかっていても、全てを語れない。

信じているけど、信じている分、あたしには彼らの行動が予測できてしまうのだ。学園の話を香織にしないのも、彼女なら絶対乗り込んでくるから。そして問答無用で転校させられる。

昔からあの一家はあたしに対して過保護だったから、下手なことは語れないのだ。

そんなことを考えていたら、ごく近くで溜息《ためいき》が聞こえてぎくりとする。

ふと見ると、いつの間にか統瑠があたしのベッドに上がってきている。

ごく近い距離にある幼いながらも端整な顔にたじろぐと、統瑠はいつもの邪気のない笑みを浮かべた。

「君ってさ。他意はないんだろうけど、もう少し言動には注意したほうがいいよ」

囁《ささや》くような言葉に意味がわからず目を瞬《またた》かせれば、間をおかず、統瑠は離れた。

まったく行動パターンの読めない統瑠に呆然としていると、ふいに手首でカチャリと金属音がした。

手首には、ブレスレットタイプの腕時計がついてる。

文字盤に小さな星が入ったデザインのそれはあきらかに高価そうな女物で、もちろんあたしのものではない。

「ちょ、統瑠様、なんですか、これ」

「あげる。前、腕時計壊したって言ってたでしょ？」

それって、六月の話か？　よく覚えていたな、って……

「いや、もらう理由がないですよ」

「理由ならあるよ。誰にも僕がしたこと、話さないでいてくれたでしょ？」

統瑠はどうやら、あたしが今回のことを周りにふれ回ると思っていたらしい。

「今回のことが表沙汰になったら、さすがに僕も一生幽閉されるかもって覚悟してたから。紅ちゃんとかに普通に挨拶《あいさつ》されて、驚いたよ」

幽閉とか、なんか大げさなと思うが、考えてみれば、統瑠の今回の行動は吸血鬼側の視点から見ても、道理を逸脱しまくっている。

人間を吸血鬼がらみの事件に巻き込んだという点だけでもすでに二回目で、反省の色がないと責められても仕方がないだろう。

しかし、あたしが周囲に黙っていたのは自分の保身のためで、こんな高価な礼をされるようなことではない。

時計を返そうとするが、留めてある金具をどう外《はず》していいかわからない。

「ついでに質問も受け付けるよ。君も気になってるんじゃない？　今回、攫《さら》われた理由とか。昨日のこと以外でも答えるよ。昨日のお詫《わ》びに、なんでも答えるから好きに聞いて」

そんなことを言われて、金具を外そうと苦心していた手が止まる。

それってもしかして、現在の吸血鬼の動きとかも話してもらえるのだろうか。

それがわかれば、今後学園内でどう動けば安全なのか考える指標になる。

特に情報を集めるツテのないあたしにはとても魅力的な話だが。

「……特には」

静かに首を横に振ったあたしに、統瑠は不思議そうに首を傾《かし》げた。

「いいの？　今回のことは本当に悪いと思ってるんだ。自分勝手なことに巻き込んだから、君の質問ならなんだって包み隠さず話すつもりだし」

こんな機会二度とないけどいいのか、と聞かれると気持ちが揺らぐ。

本当は知りたいことはたくさんあった。あの時なぜ、吸血鬼もどきが現れたのか。

一体、今吸血鬼の世界で何が起こっていて、あたしにできることはないのだろうか。

しかし、昨日も考えたではないか。あと少しで聖さんとの縁は切れる。

下手に吸血鬼の内情を知って、彼らとの関わりが切れなくなるのは命取り、好奇心は猫を殺す。

あたしの望みはあくまでも日常を取り戻すことであって、吸血鬼に関わることじゃない。

「あたしは何も聞かないし、知りたくありません。だから、質問はないです」

「……君って、うかつなのか賢明なのか本当にわかんない娘《こ》だね」

なんか引っかかる言い方だが、統瑠がどこか残念そうな顔をしているように見えるので、聞かなくてよかった気はする。

「例えば何かを聞いたとしたらどうなってましたか？」

「そりゃ、聞かれた以上のことをポロリと漏らして、後戻りできないようにしてたかも？」

そうなったら今頃、環ちゃんは親衛隊だったかもね、とにっこり笑われて、血の気が引く。

グッジョブ！　あたしの小心。

「じゃあ、質問のない環ちゃんには僕から質問しようかな」

どういう理屈なのかわからないが統瑠は気にせず聞いてくる。

「……君、三条って知ってる？」

一瞬何を聞かれているのかわからなくて首を傾《かし》げる。

「三条って、人の名前ですか？」

「そう、三条慧亮《けいすけ》っていうんだけど、聞いたことがない？」

フルネームを脳裏で検索するが、思い当たる名前はなく、首を振った。

「いえ、残念ながら。その人が何か？」

「いや、知らないならいいんだ。ただの僕の思いすごしだと思うし」

なんだろう。そんな言い方されると気になる。

するとそれに気付いたらしい統瑠がにこりと笑って再び近づいてきた。

「もしかして気になってる？」

「……別に」

あきらかに何かを企む雰囲気に、ベッドの中で後退《あとずさ》りすれば、その分、統瑠が距離を詰めてくる。

「教えてあげてもいいよ」

「いりません。結構です」

「そんなこと言って。気になってくるくせに。素直になったほうがいいと思うよ」

「そんなことないですってば。いい加減ベッドから降りて……て、わっ！」

統瑠の進行に合わせて後退《あとずさ》りしたため、思いがけずベッドから落ちかける。

しかし、覚悟した痛みはなく、ふわりと上半身を持ち上げられてベッドに戻された。

あたしを受け止めたのが目の前にいる統瑠の手ではないとわかって振り返ると、いつの間に入ってきたのか、翔瑠がいて驚いた。

翔瑠は珍しく統瑠を睨《にら》んでいるが、統瑠は全く気にした様子もなく彼に笑いかけた。

「やだな、翔瑠、別に何もしてないじゃない」

「何かしてからじゃ遅いです！」

さらに響いた声とともに何かが一閃《いっせん》し、それを避けるように統瑠が飛び退《の》いた。

そのまま、慣れた動作で相手と距離を置く統瑠。そして彼と対峙しているのは、扉の近くで仁王《におう》立《だ》ちで得物を構える天城さんだ。

「……なんで張《は》り扇《せん》？」

「居間にあったのでお借りしました」

天城さんは、あたしの呟《つぶや》きに律儀《りちぎ》に答えてくれるのだが、それは張り扇がある真田家に突っ込むべきか、それをわざわざ選んで持ってきた天城さんに突っ込むべきか。

だが張り扇が気になっているのはあたしだけらしい。

「あーあ、二対一とか、か弱い僕には堪《た》えられないよ」

先に戻ってるよ、と統瑠はあっさり言い、窓枠に足をかけた。

え？　まさかそこから出ていくの？　別にここは一階だから危険はないけど。

「と、ああ。そうだ」

去り際に一瞬だけ統瑠が足を止め、振り返った。

「環ちゃん、今回のお詫《わ》びを兼ねて、僕は君に関することは憶測も含めて、誰にも……その二人にも言ってないから安心してね」

そう言って統瑠が手を胸に当て、「騎士則に誓って」と略式礼をしたものだから、その場にいた者は全員驚きに凍りつく。

その隙に、統瑠は窓枠を飛び越え、外に逃げていった。

やがて呆然としていた天城さんがハッと正気を取り戻す。

「ちょ、統瑠君、いきなり騎士則って。あ、それよりちゃんとお姉様に謝罪を！」

しかし、天城さんの声に統瑠は振り返ることもなく姿はどんどん離れていく。

天城さんは一瞬悩んだようだが、唇を噛《か》んで、あたしを振り返る。

「すみません、環お姉様。私が統瑠君を甘やかしたばかりに、こんな状況を生んでしまって……この上は何がなんでも、謝罪させるため連れ戻してきますので！」

退出にご容赦を、と頭を下げる天城さんにあたしは戸惑《とまど》う。

「え？　あ、いや別にあたしは……」

しかし、あたしの声は届かず、彼女は統瑠を追って同じように窓を飛び越え、すごい勢いで走って行ってしまった。

あ、あれ？　おかしいな。天城さんってもっとおしとやかキャラじゃなかったかな？

「張《は》り扇《せん》も持っていっちゃったけど……」

「……むしろ武器を持ってるほうが美香ちゃんの場合は安全だよ」

確かに、天城さんは身体が小さい分、教わった体術が一撃必殺のもので手加減ができないという設定だったから、それもわかるが……

「あ、翔瑠様、ありがとうございます、支えてくれて」

「……いや、こちらこそ統瑠が勝手なことをしてごめんなさい」

「別に翔瑠様が謝ることではないですよ？」

弟の罪までかぶる必要なんかないと言ったのだが、首を横に振られた。

「……いや、統瑠のことだけじゃなくて。昨日のこともこれまでのことも含めて、君には謝らなきゃならないことばかりだから」

それを言われると、確かに翔瑠にも迷惑をかけられていた。

しかし、あと一週間ほどで縁がなくなるだろう相手に、いつまでも罪悪感を持たれているのも落ち着かない。

「……全部忘れました。もう、それでいいじゃないですか？」

「っ、そんなこと……。それで許されるはずがないでしょ？　昨日も僕は君のこと救えなくて……」

どうやら、統瑠があたしを突き飛ばした時のことを気にしているらしい。でも、あれは当然の選択で、突き飛ばした統瑠ならともかく、翔瑠を恨むのはお門違いだ。

「でも、あたしは翔瑠様に償《つぐな》ってほしいことなどありませんから」

「……それじゃあ、僕の気持ちが収まらないんだよ」

「それは、そっちの都合で……」

「じゃあ、こうするよ」

翔瑠は、片手を胸にあて、逆の手であたしの手をとり、跪《ひざまず》いた。

「……騎士則に則《のっと》り、今後、君が危機に陥《おちい》ったら必ず助けに行くよ」

「ちょっ、……翔瑠様、それは」

さっきの統瑠にも驚いたが、あれはある意味理由がわかるのだ。

おそらくあたしが口約束だけでは安心しないと踏んでのことだろう。まさか、そこまでしてくれるとは思ってなかったけど。

統瑠なりの誠意だと思えば、納得はできる。

だが、翔瑠は違う。

「だからそんな簡単に騎士則を持ちださないでください」

「……統瑠のは受けられて、僕のは受けられないってこと？」

「いや、そういう問題では……」

なんだろう。変な対抗心、持ってる？　どういう理由なのかは知らないけど、断るのは骨が折れそうなことだけはわかった。あたしは、深く溜息《ためいき》を吐《つ》く。

「っ、わかりました。わかりましたよ！　もう」

別にもうすぐ縁は切れるし、危険な目にあうことがなくなれば、助けが必要なこともないだろう。

ならば別に困らないと、頷《うなず》くと、翔瑠の顔に笑みが浮かんだ。

「……ありがとう。環ちゃん」

翔瑠は突然あたしの手の甲に唇を落としてきた。

ぎょっとしたが翔瑠が嬉しそうに笑うので、まあ、手の甲くらいはいいかと思っていた時、勢い良く扉が開いた。

「翔瑠君、見つけたーーーっ！」

突然乱入してきたヒロインは、そのころには立ち上がっていた翔瑠に一直線に駆《か》け寄ってくる。

「もう！　準備の人手が足りないのに何してんの！」

「……え、あ、ごめんなさい？」

聖さんの剣幕に押されるように謝る翔瑠の腕を、聖さんは問答無用で掴《つか》むと引っ張った。

「ほら、早く。まったく、目を離した隙に、みんないなくなっちゃうんだから」

「え？　みんなって。会長と紅ちゃんはちゃんと手伝ってたんじゃ」

「それがいないから、てんてこ舞いなんだよ。どこに行ったとか知ってる？」

聖さんの問いに翔瑠は首を横に振り、聖さんは可愛らしく怒っている。

「そっか。どこ行っちゃったんだろ？　とにかく、翔瑠君はすぐに戻って」

やることは山積みなんだから、と翔瑠を追い立てる聖さんの忙しそうな姿にあたしはとっさに声をかけた。

「聖さん、ちょっと待って。忙しいならあたしも行くよ」

「え？　ダメだよ。環ちゃん熱があるでしょう？」

「午前中寝てたら、下がったよ。それに今は一人でも人手があったほうがいいんでしょ？」

「それはそうだけど……でも、いいの？」

聞かれて頷く。どうせこのままここに残っても、忙しそうな彼女の姿を見ちゃったから、落ち着いて寝ていられそうもない。それなら、手伝いをしていたほうがマシだ。

あたしは二人に外に出てもらい、制服に着替えた。

外で待っている二人と合流すべく、部屋を後にする際、窓が開いたままだということに気付いて、閉めに戻る。窓を閉めると、ふいにここから出て行った統瑠に聞かれた名前を思い出した。

一体誰の名前だったのかわからず終《じま》いになってしまったが、なんの話だったのだろう。

実は名前はともかく、苗字には少しだけ心当たりがあった。

三条はあたしの昔の名前だ。父は生前、仲間の裏切りにあって経営していた会社を倒産させ、多額の借金を負っていた。その際、あたしと母に累が及ばないよう、父の独断で母と離婚したらしい。

母はそれに激怒したものの、その後、父の病《やまい》が発覚するなどゴタゴタして離婚したままになってしまい、あたしは母の旧姓『多岐』を名乗ることになったのだが、そんなことが統瑠に関係あるはずない。

あたしはそれきりそのことを忘れて、聖さんたちと合流すべく、部屋を出た。

◇◆◇

一方、合宿所の玄関から走り出る車が一台。

その車の後部座席に並んで座っているのは紅原と蒼矢だった。

紅原は窓の外を眺《なが》めながら遠ざかる合宿所に溜息《ためいき》を吐《つ》く。

出てくる直前に見た真田の忙しそうな姿を思い出すと、罪悪感がこみ上げてきた。

紅原たちはイベント前の忙しい時に二人して、学園に帰ろうとしているのだ。

絶対、しばらくはこのことでなじられ続けるだろう。

基本サバサバとした明るい性質《たち》の幼なじみは、怒ることは少ないのだが、逆に怒らせると長いのだ。

それでなくとも、途中まで関わった仕事を放り出した気持ちの悪さを抱《かか》え、紅原は反対側の窓際にいる蒼矢を見た。ちょうどどこかにかけていた電話を切ったタイミングだったらしく、声をかける。

「なあ、会長。俺も一緒に帰る必要あるんですか？」

「でなければ、声をかけてない」

「でもせめて、一言くらい言っておいといたほうが良かったんと違います？」

「言ったところで希が納得するわけないだろう。だったら言うも言わないも同じだ」

確かに、ここ数日の忙しさで気の立っている幼なじみの様子を思い浮かべれば、蒼矢の言うことが正しいのはわかる。

これに関してはこれ以上何かを言っても無駄だろうと思って、諦めた。

その代わり、紅原は別の話題を切り出した。

「……なあ、会長、多岐さんとはどういう知り合いなん？」

「いきなり、だな」

紅原からすれば昨日からずっと気になっていたことなのだが、蒼矢は少し考え込んだ後、言葉を濁《にご》した。

「前にちょっとな。お前には関係ないことだ」

それきり会話を切ろうとする蒼矢に、それで話を終わらすまいと、紅原はさらに突っ込んで聞いた。

「会長、昨日の話。多岐さんに怖がられてたってどういうこと？」

聞くと、外に視線を滑らせようとしていた蒼矢は、紅原に視線を向ける。

「多岐は初対面から俺に怯えていたんだよ」

少しさみしそうな蒼矢の言葉に、紅原は気が付いた。

長い付き合いで忘れがちだが、蒼矢は純血の吸血鬼だ。

その強い力ゆえに、初対面の相手に警戒心を抱かれやすく、敏感な人間であれば、見ただけで恐怖に震えることもあるという。

「多分、多岐は人より俺達の気配に過敏な性質《たち》なんだろう」

「……そっか」

蒼矢の言葉に、思わずホッとしてしまった。

環が恐怖する存在ということで、一瞬、環の血を無理やり奪ったのが蒼矢ではないかと疑ったのだ。

だが、従兄はそんなひどいことをする吸血鬼ではない。環の怯えが単純に吸血鬼への畏怖《いふ》からだとわかって安心した。

「なんでそんなことを気にする？」

聞かれて、少し躊躇《ためら》ったが、蒼矢にだけ話させて、自分がしゃべらないわけにもいかない。

「確証はないんやけど、彼女、誰かしらから吸血された経験があるんやないかと」

「……どういうことだ？」

当然いぶかしがる蒼矢に環と出会った時のことを語ると、なぜか蒼矢の顔は強ばった。

「……それはいつのことだ」

「六月の中旬くらいですけど……」

「っ、そうか……そういえば、毒は？　お前が処置してくれたのか？」

「ええ、今は完治してると思いますけど」

「そうか、ありがとな」

礼を言う蒼矢に、紅原はむっとする。

「なんで多岐さんのことで会長が礼を言うんですか」

「それは、そうだが……」

それきりなぜか気まずげに視線を逸《そ》らしてしまった蒼矢に怪訝《けげん》な視線を送っていたら、胸ポケットに入れていた紅原の携帯が着信を知らせる。

ディスプレイを見れば、真田からだ。

一瞬着信拒否しようかと思ったが、後で出なかったとなじられるのも面倒だった。

憂鬱《ゆううつ》な気持ちで通話ボタンを押すと、大音量の幼なじみの声が聞こえた。

『ちょ、円！　今どこにいるの？』

「希？　なんや大声で……」

『何度も電話したのに出ないからだろ？　本当にどこにいるんだよ！』

『そうだよ！　こっちはもう、無茶苦茶忙しいのに!!』

スピーカーホンにでもしているのか、利音の声までした。

「あ、あ～、なんやすまんけど、緑先輩から呼び出し受けてな。今、会長と車で学園に……」

『はあ？　何考えてんの！　どんな理由か知らないけど、そんなのこっちが先約なんだから断って戻ってきてよ！』

いや、そんな無茶な、と言いかけた時、隣から伸びてきた手に携帯を奪われた。

「希か？　……うるさい、黙れ。こっちだっていろいろあるんだよ。無茶言うんじゃねえよ」

電話に出てすぐにおそらく憎まれ口をきかれたのだろう、心底嫌そうに蒼矢が言う。

蒼矢も真田とは幼いころからの付き合いだ。ただ、真田と蒼矢は馬が合わないようで、お互いを腐れ縁と称して、会えばケンカばかりしている。

「ああ？　だから、桃李先生と黄土兄弟は残してるだろうが」

紅原と同様、準備を放置して学園に帰ることを責められているようだが、引率を引っこ抜かないでいる俺にむしろ感謝すべきだ、とか怒鳴り合っていた。

「……ああ、もう！　知らねえよ、そんなこと。それより、お前もそれが終わったらすぐ学園に帰れ。じゃあな」

一方的に電話を切った蒼矢が、電話を投げて返すので、それを慌てて受け取る。

「会長、希にまですぐ帰れとか、どういう……」

「俺も詳しいことはよくわからん。理事長がどうのと言っていたが。だがあれだけ今回の茶会にこだわっていた絆が、急いで戻れと言ってきたんだから相当だろう」

帰ったら詳しい話を聞くから、その時まで待てと言われるが、そんなお預けを食らわされた紅原はたまらない。

何度も尋ねたが、蒼矢もそれ以上話す気はないらしく、窓の外を眺《なが》め、もう一言も発しなかった。

仕方なく、紅原は携帯電話をしまって、席に座り直し、一刻も早く車が学園に戻るよう膝の上で拳《こぶし》を握りしめた。

◇◆◇

いろいろ準備にトラブルのあったお茶会だったが、最終的にはなんとか形になって終了した。

というのも、蒼矢会長がイベント会社に手伝い要員を手配してくれたらしく、プロが、あっという間に会場を整えてくれたのだ。

月下騎士が揃わない件については不満は出たものの、意外と星に詳しかった統瑠が翔瑠を交えて面白おかしく説明したことで、満足度は上々でお茶会は終了した。

真田さんは会長に借りを作るなんて、と不満そうだったが、イベントが無事に終われただけでも御の字だ。

ほっとしたのか、お茶会が終わった途端、気が抜けたあたしの熱はぶり返した。

真田さんが心配して別荘の鍵を貸してくれたが、本人は何やらすぐに学園に戻らなければならないらしく慌《あわただ》しく帰っていった。それに甘えて、あたしは、結局熱が下がるまで、お世話になることになったのだった。

その間、一緒に残ってくれた聖さんとたくさん話をした。

帰ったら、もう同じ部屋ですごすこともないと思えば話題も尽きない。

そしてお茶会の夜から二日後、あたしたちは寮に戻ったのだ。

しかし、寮の自室に戻って、そこで見た光景に、あたしは呆然と立ち尽くす。

あたしの前に広がるのは、もぬけの殻になった自室だった。

二学期から引っ越し予定だった聖さんの私物はともかく、あたしの私物も全部ないというのは、どういうことだろう。

扉の番号を確認するが、間違いなくあたしたちの部屋である。

一体あたしの荷物はどこへ、と途方にくれていたら背後に人の気配を感じた。振り返ると寮母さんがいる。

一体何が起きたのか聞けば、彼女はニコニコしながら「おめでとう」と封筒を渡してきた。

慌てて開封すると、封筒の中には透かしの入った高級そうな紙に簡潔な文章が印字されていた。

下記の者、二学期より、天空寮《てんくうりょう》への入寮を認める。

——聖利音

——多岐環

一体、なんの冗談だろう。グルグルと視界が回り、考えがまとまらない。

せっかく今回の件を乗り越えれば、ゲームとは関係なくなると思ったのに。

あまりの衝撃にあたしはその場に崩れ落ちた。下がったはずの熱がぶり返すような感覚。聖さんと寮母さんの慌てた声が聞こえるが、あたしには答える気力がない。

乙女ゲームの世界でヒロインのルームメイトは、どうやらこれからも生き残りをかけてあがかなければならないようです。

大好きな乙女ゲーム世界に転生したら、
訳アリな攻略対象に迫られて!?

女子高生の梨緒《りお》は、ある日、猫を助けようとして死んでしまう。そんな彼女が転生した先は、大好きだった乙女ゲーム世界!? 梨緒はゲーム舞台の学園に入学し、憧れの女の子だった主人公《ヒロイン》やイケメン攻略対象達と出会う。せっかく近くにいるのだし、彼らの恋を応援したい! とやる気に満ちていた梨緒だったけど、攻略対象の一人の様子がどうもおかしい。彼は主人公よりも梨緒に興味があるらしく、何故かグイグイ迫ってくる。その上、彼は梨緒の前世にまつわる衝撃の告白をしてきて!?

定価：本体1200円＋税　ISBN 978-4-434-20444-9

illustration：篁アンナ

毒殺されなきゃ元の世界に帰れない!?

攻略対象が全員ヤンデレの乙女ゲーム世界に召喚されてしまった、女子大生のハルカ。どうやら彼女は、一緒に召喚された主人公《ヒロイン》と協力してその世界を救わないといけないらしい……元の世界に帰る方法はただ一つ、攻略対象《ヤンデレ》達に嫌われて毒殺されること。そこで毒殺フラグを立てるべく、ハルカはヒロイン達の恋路の邪魔をする。ウザいキャラを演じたり、恋愛イベントを潰したり、日々、奔走していたのだけど、そんな彼女に好意を持つやっかいなヤンデレが現れて!?

定価：本体1200円+税　ISBN978-4-434-19754-3

Illustration：gamu

新＊感＊覚　ファンタジー！

レジーナブックス Regina

レジーナブックス Regina

トリップ先の異世界でにがお絵屋オープン!

王立辺境警備隊にがお絵屋へようこそ!

小津《おづ》カヲル
イラスト：羽公

ある日、異世界にトリップしてしまったカズハ。保護してくれた王立辺境警備隊の人曰《いわ》く、元の世界には戻れないらしい。落ちこむカズハだけれど、この世界で生きていくには働かねばならない。そこで、得意の絵で生計を立てるべく、にがお絵屋をオープン！　すると絵の依頼だけじゃなく、事件も多発……。頭を抱えていたら、描いた絵が動き出し、事件解決の糸口を教えてくれて――？

詳しくは公式サイトにてご確認ください。

http://www.regina-books.com/

携帯サイトはこちらから！

夢月なぞる（むつき なぞる）
奈良県在住。趣味は創作活動全般。イラストからゲーム、文章まで。2013年「ダークな乙女ゲーム世界で命を狙われてます」にて出版デビューに至る。

イラスト：弥南せいら
http://members3.jcom.home.ne.jp/liberation-zone/

本書は、「小説家になろう」（http://syosetu.com/）に掲載されていたものを、
改題・改稿・加筆のうえ書籍化したものです。

ダークな乙女《おとめ》ゲーム世界《せかい》で命《いのち》を狙《ねら》われてます3

夢月なぞる（むつき なぞる）

2015年8月5日初版発行

編集－黒倉あゆ子・宮田可南子
編集長－塙綾子
発行者－梶本雄介
発行所－株式会社アルファポリス
〒150-6005 東京都渋谷区恵比寿4-20-3 恵比寿ｶﾞｰﾃﾞﾝﾌﾟﾚｲｽﾀﾜｰ5F
TEL 03-6277-1601（営業） 03-6277-1602（編集）
URL http://www.alphapolis.co.jp/
発売元－株式会社星雲社
〒112-0012東京都文京区大塚3-21-10
TEL 03-3947-1021
装丁・本文イラスト－弥南せいら
装丁デザイン－ansyyqdesign
印刷－株式会社廣済堂

価格はカバーに表示されてあります。
落丁乱丁の場合はアルファポリスまでご連絡ください。
送料は小社負担でお取り替えします。

ISBN978-4-434-20874-4 C0093